自由をつくる
自在に生きる

森 博嗣
MORI Hiroshi

a pilot of wisdom

JN264692

まえがき――「自由」に対する誤解

「自由」について真面目に書こうとすると、どうしても説教臭くなる。とても心配だ。どんなタイトルをつけても、「これは宗教の本だろう」と勘違いされる可能性も高い。それくらい、「今さら自由なんて」というのが現代ではないだろうか。明治、大正時代だったらまだしも、今どき「自由」を謳《うた》ってどうするのか。ようするに、限りなく胡散《うさん》臭い感じになってしまう恐れがある。

ある程度は「自由」という言葉が持っている宿命のようにも思う。明らかに自由ではなかった過去なら、もっと輝いていたはずのこの言葉であるが、今の日本では「自由」もすっかり錆《さ》びついてしまったといっても良い。

残念ながら、宗教のように「これを信じれば救われる」といった結論は、この本には書かれていない。最後まで読んでもらっても、結局のところ、簡単には自由は得られない、ということがわかるだけだろう（それがわかっただけでも価値があるとは思うけれど）。こうすれば良い、というノウハウなど存在しない。自由とは、そんな「獲得困難」なものだと僕は感じる。むしろ、なにかを盲信したり、手法に拘《こだわ》ることこそが、既に大いに不自由ではないか。

自由に関して、そういったことをなるべく平易に丁寧に綴《つづ》ってみたいと考えて、この本を企画した。はたしてどうなることか……。

さて、そもそも自由とは何なのか？

辞書を引いてみよう。この言葉の意味を知らない日本人はいないと思う。英語では、freeやfreedomである。freeは、「無料」の意もあって、つまりは（お金を払うなどの）「制限を受けないこと」を示す。日本語の「自由」は、英語とは本来はニュアンスが違っていて、「自在」に近いようにも思う。すなわち、「思うがまま」という意味だ。「剣豪が刀を自由に扱う」というふうに使われる。

「自由」よりは、「不自由」の方が考えやすいかもしれない。つまり、自分の意志の邪魔をするような、なんらかの力によって抑制されている、すなわち「支配」を受けている状態である。物理的な力によるものから、命令や規則などによる支配まで、仕組みもパワーもさまざまだが、それらに囚《とら》われているときに感じるのが「不自由」であり、そういった「支配」から解放された状態が「自由」といえる。

一般に自由はどのように捉《とら》えられているだろう？　言葉の使われ方を観察すると、たとえば、自由行動、自由時間という場合、決められたスケジュールがない状態を示している。多くの人は「自由」を、「暇な」とか「することがない」状態としてイメージしているかもしれない。

必ずしも、「自由」は素晴らしい意味には使われていない。仕事や勉強に追われていると、ついついゆっくりと休みたくなる。少しくらいは怠けたくなる。「一日中寝ていたい」というような欲求が、「自由」から連想される個人的な希望である場合が多い。

はたして、これが本当の自由だろうか？

もちろん「支配からの解放」であることにはまちがいない。ただし、多くの人にとっては解放されること自体が、自由の価値になっている。解放されたことで何ができるのか、といった「自由の活用」へは考えが及んでいないように見える。

僕は、「自由とは何ですか？」と問われたとき、剣豪の刀の例で挙げた意味を答えている。あっさりと簡潔にいうと、「自在」あるいは「思うがまま」であり、ようするに「自分の思いどおりになること」である。

「そんなの当たり前ではないか。なにか珍しい考えでもあるのか？」と大勢の人がきっと感じるだろう。実は僕も、若いときにはそう考えていた。

江戸時代に比べても、また戦前に比べても、今の社会は自由である。比較的自由であることはまちがいない。ほとんどの人たちが、自分が自由だと感じているようにも見える。僕も、良い時代に生まれたな、と思ったし、自分は基本的には自由なのだ、と思い込んでいた。ただ、子供のときには、多少の制限があって、「これは大人になったらね」と言われることが多かったから、大人になるほどさらに自由になる、本当の自由に近づけるものと信じていた。

僕はずっと大学に勤めていた。学生を指導するのが仕事だった。若い人たちに、「人生の目的とは、結局のところ、自由を獲得することだと思う」と何度も話した。そういう結論に達したのは、たぶん40歳くらいのときだっただろう。たいていは、みんなきょとんとした顔になるだけだが、ときには「自由って何ですか？　なにか特別なものですか？」と質問されることがあった。だからやはり、「いや、ただ自分の思ったとおりに行動できることだよね」と答えるのだが、相手は「ふうん」というような難しい顔をして、そこで会話が途切れてしまう。「なんだ、当たり前の話ではないか」と感じるようなのだ。どうもピンとこないようでもある。僕としても、それ以上に深く掘り下げて説明するようなことはした覚えがない。それこそ、説教や宗教の類《たぐい》だと勘違いされてしまうだろう。

それでも、この本では、まさにこの「当たり前の話」をできるだけ丁寧に書こうと思ったのだ。どうして、書く気になったのかというと……、ほんのときどき、僕の「自由というのは、自分の思ったとおりにできることです」という言葉に反応する人がいて、「そうか、目から鱗《うろこ》が落ちた」といたく感動されたからだ。たとえば、最近では、小説家のよしもとばななさんに、なにげなく自由の定義を話したとき、彼女はすぐにこう返してきた（会話ではなく、メールである）。「ああ、それは凄《すご》い」と。

反応する人はごく少数である。そのたびに、僕は、「あ、この人には伝わった」とちょっと嬉《うれ》しくなる。たぶん、少しでも自由の価値を知っている人、それを望んでいる人には自ずと通じるのだと思う。時間さえあればもっとゆっくりと説明をするのに、と考えるものの、普段は諦《あきら》めてしまう。けれど、こうして反応してくれる人たちにたまに出会うと、なんとか時間を捻出《ねんしゅつ》して、説明しなければならない、とも思う。自分だけが自由を謳《おう》歌《か》して悦に入っているわけではないけれど、「他人のことは知らない」と放っておくのは少々後ろめたい。

そういうぐずぐずした経緯で、この本を書くことにした。

少しでも沢山の人が、自由の価値に気づき、そしてそれを自分の手で摑《つか》み取ってほしい。今よりももっと人生を楽しんでもらいたい。そんな楽しい自由人が増えるほど、世界は平和になるわけで、自由な若者が歳をとれば自由な老人が増えるし、もっともっと暮らしやすい社会にもなるはずだから、僕にはちょっと間に合わなくても、僕の子供たちには回り回って利益が還元されるかもしれない。

そんな願いを込めて、これを書いている。

目次

実は訪れないない／限界を作っていないか／歳をとってもチャレンジ／楽しい状態を演出する／好きなものによる支配／長く続ける工夫／人生設計に照らして判断／コレクタでない理由／無垢な感性を持つ／拘りについて／自由を磨く／今の自分に囚われない視点／頭脳を自由にさせる／自由なフォーマット／映画「スカイ・クロラ」／小説「トーマの心臓」／すすんで年寄りにならない／自由という武器／期待を外せ／自由の獲得方法／少しずつ前進／諦めなければ挫折は訪れない／妥協も迂回も撤退ではない／自分を騙す／攻めることが自由

あとがき……………………………………………………………………………183

章扉イラスト／ささきすばる

1章

人生の目的は自由の獲得である

◇人生の目的は自由

結論からさきに書くと、「人生の目的は自由だ」と僕は考えている。自由を獲得するために、あるいは自由を構築するために、僕は生きている。少なくとも、今は本気でそう考えているのである。

そもそも、自由とは何か、についてもう少し説明が必要だろう。まえがきにも書いたけれど、僕の考える自由は、普通の人が思い描くそれとは多少ニュアンスが違っているかもしれない。たとえば、普通の人は、「子供は自由だ」「動物は自由だ」と言う。僕はその反対で、子供は不自由であり、動物もけっして自由だとは考えていない。

自由というのは、「自分の思いどおりになること」である。自由であるためには、まず「思う」ことがなければならない。次に、その思いのとおりに「行動」あるいは「思考」すること、この結果として「思ったとおりにできた」という満足を感じる。その感覚が「自由」なのだ。

子供は、あれもしたい、これもしたい、と「思う」けれど、たいていは、そのとおりにならない。大人が「駄目だ」と制限するものもあれば、自身の身体的能力が不足しているためにできないことも多いだろう。だから、「自由にあれこれしたい」という気持ちは大人以上に持っているものの、子供はけっして自由とはいえない。はっきりいって不自由である。

動物の場合も同様で、僕が観察できるのはペットくらいだけれど、赤ちゃんのときはかなり自由になりたがる。いろいろ無謀なことをしようとする。しかし、成長して一人前になると、分別がつくためなのか、無茶をしなくなる。生きるため以外のことでは、新しい対象に挑戦するようなこともほとんどなくなる。新しいおもちゃを与えたときに興味を示すのは幼いときだけだ。野生の動物というのは、腹が空いたら餌《えさ》を探し、敵に怯《おび》えて生きているのではないか。ほんのときどき、休んだり眠ったりできる時間はあるけれど、自分がやりたいことを考え、つぎつぎにチャレンジしているようには見えない。

結局、敵の目を避け、餌を探すのが彼らの生涯の大半といって良い。自由にどこかへ冒険に出ることはない。毎日決まった行動をとるのだ。そして、こんなふうに動物を見てしまうのは、僕が人間だからであり、動物はそもそも不自由だなんて感じていないだろう。人間だけが自由な生きものだからこんな思考をするのだ。

◇躰《からだ》による支配

腹が空いたら好きなものを食べる。これは「自由」な状態だろうか？

普通は、これこそ「自由の中の自由」「自由の代表格」だ、と認識されているふしがある。現に、「俺は好きなものさえ食べていられれば、もうそれだけで幸せだ」と豪語する人もいる。まさに、食べるために生まれてきた、といわんばかりである。なんともまあ、動物的な感覚だなと微笑《ほほえ》ましい。もちろん、食べるといってもいろいろな条件がある。最低限の栄養補給としての食事から、趣味的なグルメのレベルまでさまざまだ。一概に、食べることが動物的だとはいえないかもしれない。ここで書いているのは、かなり一般的、平均的な食事のことだ。

食欲のほかにも基本的な欲求がある。寝たいときに眠り、働かなくても良いなら、一日ごろごろとなにもしないでいたい。そういう状態が「自由」だと思い描く人はわりと多いのではないか。

「誰からも文句を言われない状態」という条件も重要だと思う。普通は、なにもしないでごろごろしていたら、誰かから注意を受けるからだ。それくらい、人から文句を言われ続けている人生、というのが多くの人が経験する現実なのかもしれない。どういうわけか、文句を言われると気分が悪くなるように、人間は成長の過程でプログラムされる。これは、もちろん「支配」である。

少し考えてみればわかることだが、腹が空いたというのは、肉体的な欲求であり、つまり、食欲は躰による「支配」なのである。休みたい、寝たい、というのも同様だ。躰が頭脳に要求している。頭ではもっとしたいことがあるのに、躰がいうことをきかない、そういう不自由な状況と考えることができる。

健康であることは、もの凄く感謝すべき幸せの一要因であることはまちがいない。病気のときには、自分の思うように行動できなくなる（ときには、思考もままならない）。誰もが「不自由」を感じるのが不健康である。

これと同様に、空腹や睡魔も、やはり、躰による支配なのだ。もっとやりたいこと、やるべきことがあるのに、人間は生きていくために食べなければならないし、寝なければならない。作業の効率は落ちるが、死んでは元も子もないから、しかたがない。躰は、この要求をあたかも「したいこと」のように頭脳に訴え、これが「肉体的欲求」となる。思考によって導かれた「自分がやりたいこと」とは発信源が異なる。違っていることがご理解いただけるだろうか。

◇健康は目的ではない

このような「躰による支配」を、悪いことだと主張しているのではない。躰の欲求に応えることはとても大切だし（まっこうから拒否したら余計に不健康になる）、ときには第一優先になる。生きているかぎり逃れることができないのは紛れもない事実である。

ただし、一言だけつけ加えるなら、この「健康」が生きる目的になるという発想は矛盾しているだろう。したがって、健康がすなわち自由ではない。健康であることが人生の喜びだというのは、僕は錯覚だと思う。それが真実ならば、生まれながらに不健康な人、自分に責任はないのに病気になった人、事故に遭って健康を奪われた人には、もう人生の喜びはない、ということになってしまう。

健康は、自由を得るための一手段ではある。また、「健康」の定義は人それぞれで違うし、同じ個人でも年齢や状況によって「健康」は変化する。誰だって、歳をとれば、若くて元気な状態には戻れない。それを不健康というわけではない。

生きていく以上、自分の躰のコンディションは、背負わなければならない荷物である。捨てるわけにはいかないし、交換することもできない。他者と比べて、自分の荷物が重いといくら嘆いても、それで軽くなるわけでもない。朝起きた状態が、その日のデフォルトであり、そこから自分が今日どちらへ向かって歩きだすのか、しか日々の選択肢はないのである。自由というのは、その人が歩きださなければ、絶対に得られないものだと思う。

◇個人差は大きな違いではない

個人の身体的な特徴も、生きていくうえで制限になる場合が多い。身体の能力的な理由で、いくら努力をしても不可能なことはある。個人差というものは、努力だけでは克服できない。持って生まれた才能があれば自由で、それがなければ不自由を強いられるのか、といえば、ある程度はそのとおりである。

しかし、そんなことをいえば、人間は空を飛べない。だからこの点に関しては、鳥よりも不自由である。鳥に憧《あこが》れて、鳥が好きになるのは勝手だけれど、鳥を妬《ねた》んで毎日嘆いていてもしかたがない。人間はしかし、「空を飛びたい」と強く憧れたからこそ、飛行機を発明し、今では鳥よりも速く、高く、遠くまで飛べる自由を獲得したのである。嘆いたり恨んだりばかりでは、いつまで経っても問題は解決しなかったはずだ。

女性であれば、美人といわれる人は、そうでない人よりも、自分の思いどおりになることが多少は多いと思う（あくまでも想像だが）。そうだとしたら、不美人の人が不自由さを克服することはなかなか難しい。また、もちろん、生まれながらにして躰に障害を持っている人もいる。程度の差は非常に大きいけれど、それでも空を飛べる人間がいるわけではない。こういった身体的な不自由は、誰もが多かれ少なかれ持っている、といっても良い。自分の立っている位置が道のスタート地点である。そこから歩む以外に選択肢はないだろう。

こういった「支配」を考えると、人間は思ったほど自由ではない。知らず知らずのうちに数々の制約を受けているのである。

◇「意志が弱い」とは何か

卑近な例かもしれないが、たとえば、ダイエットについて考えてみよう。体重を自分の思いどおり自在にコントロールできるか、という問題である。これは、ある程度は可能だと思う。

僕は、1年に1度、ダイエットをするけれど、毎年、夏になるまえに、1カ月ほどで体重の15%くらいを減量する。そうする方が躰が楽だから習慣的に実行している。つまり、ちょっとした自由を獲得するために、ささやかな努力をする。ダイエットというのは、「痩《や》せたい」という思いがあってする行為である。

「頭が良くなりたい」という思いがあって「勉強する」のも同じだ。ダイエットなど不必要のスマートな人もいて、食べても食べても太らないらしい。逆に、それほど食べないのに太っている人もいる。勉強をしなくてもテストで良い点が取れる人がいれば、いくら勉強してもそうはならない人もいる。

こういう体質というハンディは必ずある。人と比べてもしかたがない。自分がどうなりたいのか、だけが問題である。

ところで、「痩せたいけれど、食べたい」という相反する結果を生む欲求が、ダイエットをする人の前に立ちはだかる。両者の欲求を比べて、悩むのだ。痩せて自由になるか、食べて自由になるか、という葛藤《かっとう》である。べつに大したことではない。そのとおり、痩せるも自由、太るも自由。けれど、「痩せたいと思っているのに、どうしても上手《うま》くダイエットができない」という場合は、やはり不自由であることにはちがいない。自分の思いどおりになっていないからである。

もっと簡単で身近な例を挙げれば、朝起きられない、という問題を抱えている人がけっこういる。学校や仕事に行かなければならないことはわかっているのに、そのとき（朝）になると、どうしても躰の支配に負けてしまうらしい。これも不自由な人生である。「このままベッドから出ないことが自由だ」と考えがちだけれど、それはまったく違う。自分の思いどおり自在に行動できていないからだ。しかもそのために、自分に不利な状況を招いてしまう。そうなることを頭では理解しているはずだ。

このような状態は一般に、「意志が弱い」と表現されている。さて、どうすれば意志というものは強くなるのだろう？　僕にはまったくわからない。しかし、自分の躰による支配が原因なのだから、その状態にならないような生活にするとか、打つ手はいろいろあるだろう。それらを試したのだろうか？　ただ「意志が弱い」という言葉だけで片づけているように思えるのだが、いかがだろう？

◊何故プラスのものに支配されるのか？

学校へ行かなければならない、仕事をしなければならない、というのも支配の一つにはちがいない。しかし、これらは、そうすることで自分が有利になる状況がわかっている。学校で知識を得ること、仕事で賃金を得ることは、損得で考えれば、明らかに得である。自分にとってプラスの条件なのだ。

どうしてプラスのものなのに支配を受けるのか、といえば、これも一般的にいえることだが、社会システムは、こういった「交換」のうえに成り立っているからだ。プラスを得るためには、少々のマイナスも我慢しなければならない。

また、学校や会社が「支配」的になるのは、集団で活動するため、他者と足並みを揃《そろ》えるルールが必要だからである。

学校に行かなくても知識が得られる方法があり、仕事をしなくても充分な生活ができる経済力があるなら、こういった支配からも遠ざかることができる。

◇社会的な支配

学校や仕事は、社会的な支配といえる。個人の肉体的な支配よりもやや緩やかではあるけれど、場合によっては（あるいは感じる人によっては）、非常に強力な制限にもなるだろう。

社会的支配には、強い強制力を持っているものもある。どんなに高い地位にあっても自分のしたいことを自由にできるわけではない。最も明確な形で顕《あらわ》れる支配は、法律である。法律で規制されているため、やってはいけないことがある。他者に危害を加えたり、騙《だま》したり、あるいは人のものを盗んではいけない。いくら自分がそれをしたくても、ちゃんとした理由があってそれが欲しくても、法律に違反することはできない。

こういった支配によって「不自由」を感じることはあるだろう。一般的な感覚では、受け入れるしかないもの、と解釈されている。もし、どうしてもそれがしたいのならば、法によって裁かれることを覚悟でやるしかない。罪を犯せば（しかもそれが発覚すれば）、それなりの制裁を受けることになるわけで、それによって受ける不自由は大きい。だから、できないことの不自由と、してしまって受ける不自由との比較を強いられる。

「罰」とは、このように「不自由の交換」が基本的な原理としてある。単なる正義感だけではなく、人間が思考する損得勘定を利用して社会の平穏は保持されているのだ。

さらに、法律で規制されていなくても、社会には数々の支配が潜んでいる。否、潜んでいるといった生やさしさでは全然ない。非常に大胆に、誰の目にも見える形で、人々を支配しているものがある。

やりたいけれど、人目が気になってできない、なんてことは本当に多い。「そんな恥ずかしいことはできない」というように自己規制してしまうほどだ。その支配とは、いわゆる「常識」と呼ばれるものである。

◇常識による支配

常識は、法律のように明確に規定されているわけではない。しかも、地域や時代、年代それぞれに常識がある。子供は常識を知らないから、どこでも大声を出すし、走り回ったりするけれど、同じことを大人がすることはまずない。そういう行動は慎まなくてはいけないし、目に余るようだと周囲からなんらかの圧力がかかる。そこまでいかなくても、水着姿で電車に乗る人はいないし、顔を真っ赤に塗って生活している人もいないだろう（いても良いと思うが）。

日本はもう一度アメリカに宣戦布告すべきだ、と熱心に発言する人は見かけない。小学校とパチンコ屋が同じ建物内にあるという都市計画もないはずだ。

けれども、現在の日本においては、思考や表現の自由は保障されている。何をどう考えても良いし、それを書いたり、人に話すことも自由だ（厳密には全面的に自由とはいいがたい部分も散見されるけれど）。ただ、極端なことを発言すると、周囲が眉《まゆ》を顰《ひそ》め、「非常識だ」と非難されるだけである。

ほんの少しだけ昔のことだが、考えるだけで罪になった時代があった。そういう思想を持ってはいけない、というふうに教育され、人に話したりするだけでも罪に問われた。思想や発言だけで、実際に逮捕されたりした。

日本だけではない、世界中がそういう歴史を持っている。「反対する者には死を」という支配者はいくらでも存在した。

繰り返すが、今は自由に何を考えても良い時代である。それでも、本当に自由に考えている人って、そんなにいないのではないか、と僕は感じている。

何故かというと、大勢が常識に支配されて、同じような考えしか持っていないからだ。考え方まで、なにかに支配されているように見える。どうしてこんなにまで支配されるのだろう?

◇個人的欲求と社会

もう一度、確認をしておくが、「支配」が必ずしも「悪」だと主張したいわけではない。

たとえば、普通の社会人ならば、家族や仲間の手前、自分の個人的欲求を我慢しなければばならない場面が多々ある。これは、家族や仲間による支配であり、そのための不自由にほかならないけれど、それを振り切って、なにもかも自分の自由にしていたら、立場は悪くなるだろうし、それ以前に自分も素直に喜べない状態に陥るだろう。

家族や仲間を犠牲にして良いのか、と良心に問われるからだ。これは、良心に支配されている状態だが、それを無視して好き勝手にしたら、結果的には、自分を責め、大きな不自由さを味わうことになるだろう。

個人の自由は、社会的な不和を生みやすい。それはあたかも、「自由の絶対量」というものがあって、それをみんなで分かち合わなければならないかのようにも見える。自分だけが自由になって良いものか、と心配になるのだ。

これは、善良な人なら誰もが持っている感覚だろう。だから、どうしても折り合いをつける必要が生じる。

たとえば、あくまでも個人の自由を求め、社会的な反発による不自由に甘んじるのかどうか、というように、得られる自由と失う自由を天秤《てんびん》にかけることになるだろう。

この点に関しては、人によってさまざまな考えがあって、それぞれの価値観によって判断は大いに異なるだろう。何が良い、何が悪いといった簡単な問題ではない。

ただ、求めているものが自由であり、不自由なものに甘んじている状態は好ましくない、ということは確かである。少しでも自由を求めて判断をする、それが基本的な方向であることには変わりない。

◇支配されたいという傾向

さて、一つ懸念される傾向がある。人類は、そもそも支配されやすい動物らしいのだ。日本人は農耕民族だから、遊牧民などに比べると、土地にしがみつく傾向が強い。土地や天候といった周辺環境に支配されやすい特性を代々受け継いでいるだろう。

また、家族や親族で協力し合わなければ生きてこられなかった長い歴史がある。だから、どうしても集落に縛られる。村を出ることが難しい。周囲の目を気にする傾向が強い。たとえば、犬よりも猫の方が周囲の目を気にしないように観察される。動物の種によっても持っている本能というか、性質に差が見られる。人間は元来、群れをなす種であり、猫よりは犬に近いかもしれない。群れは、ある種の支配された集団である。人間は、集団による支配を好む生きもののようだ。

したがって、ついつい支配に負けてしまうことは、かなり自然なことでもある。つまり、人間には支配を受け入れる本能がある。甘んじるというよりも、支配されている方が安心できる、という傾向も観察される。

よくこんな発言をする人がいる。「なんでもいいから、とにかくはっきりと決めてくれよ。それに従うから」という台詞《せりふ》、聞いたことがあるのでは？

ルールがあった方がわかりやすい、みんなと一緒ならば大丈夫、という気持ちは誰にでも心当たりがあるだろう。なにもかもが自由だといわれると、荒野に放り出されたみたいに不安な気分になる。いちいち何をどうすれば良いのかを考えなくてはいけない。そんなことにエネルギィを使いたくない。議論している時間がもったいない。さっさと決めて、とにかく協力しよう。周囲に身を任せ、流れるままに生きていきたい、というような傾向である。

僕は、そういう生き方を見ると、サバンナを行く水牛の群れを思い浮かべる。一頭一頭はなにも考えず、ただ前進しているだけである。周囲の風景を眺めているふうでもなく、自分の将来や過去を考えているわけでもないだろう。人間でいえば、社会の一員として、平均的な家庭を作り、毎日通勤電車に揺られて出勤し、夜はときどき仲間と酒を飲んでみたり、流行を気にしてファッションに気を遣ってみたり、仲間から遅れることを極度に恐れ、逆に自分だけ突出することも避ける、大過なく役目を全うし、つつがなく人生を送る、というような、よくある「光景」である。

◇どう支配から抜け出すか

僕は、そういった光景を「支配された不自由だ」と感じる。だから、この本を書いている。しかし、そう感じない人たちがとても多いことも知っている。感じない人にとっては、不自由でもなんでもないから、そのままで問題はないのかもしれない。

危機感を訴えたり、文句を言う人が少ないのも事実だ（一方で、そういった支配に属することが人間の正しい生き方だと説く人は圧倒的に多い）。その不自由さを感じないように人間はできているのだな、と思わざるをえない。支配された環境が心地良く、それが幸せだと感じるようにプログラムされているのだろうか。それとも、すっかり騙されているのだろうか？

でも、そんな人ばかりではないはずだ、とほんの少し期待している。だから、この本を書いているのだ。

「どうも、こんなのは不自由だ」とときどき感じるとか、支配の中にいるだけで息が詰まるとか、そんなストレスを感じる人がきっといるはずだ。現に、少なくとも一人はいる。僕がそうだった。

とにかく、生きていくうえで、「不自由」をなんとか取り除かなければならない。我慢ができるかどうか、という問題ではあるけれど、もし少しでも排除できるならば、その努力をすべきではないか、というのが僕の基本的な考えだ。

どうすれば、自分に降りかかる支配から抜け出せるだろうか？

是非ともそれを教えてほしい。きっと多くの人がそう願っているだろう。けれど、どんな場合にも適用できるような具体的な方法はない。あったら、とっくに誰かが提示しているはずだ。今頃、誰も悩んだりしていない。みんながたちまち自由になれただろう。

まず、この支配から「抜け出す」というイメージが問題だと思う。「支配」という言葉を使っているから、自然にそこから「逃げる」という表現になってしまうのはしかたがないにしても、そういった後ろへ下がるイメージは不適切だと感じる。

実は、もっと積極的な方向なのだ。逃げて遠ざかるのではなく、そちらへ歩み寄る、近づく、乗り越える、といった方が良い。

◇達成感と自由

例を挙げてみよう。なにかのスポーツを始めたとする。自分よりも上手い人のプレィを見て、「あんなふうにできたら良いな」と憧れる。しかし、いくら真似をしてみても上手くできない。思いどおりにできないのだから、これは明らかに不自由である。さて、この不自由は、何に支配されている結果か？

簡単にいってしまえば、原因は自分の能力不足、あるいは未熟さである。したがって、この不自由を克服するためには、練習を積み重ねる以外にないだろう。もちろん、頭を使って、「どうすれば上手くプレィができるか」と理論的に考えることも役に立つはずだ。しかし、大半は躰が覚える技術である。天才プレイヤと呼ばれる人でも、初めから上手かったわけではない。プロの選手でも練習をしない人はいない。

だが、どんなに練習をしても、個人によって到達できる限界はあるようだ。どうもこれは否定できない。「才能」とか「天分」といわれているもので、克服できない領域として広く理解されている。だから、自分の思いどおりになるのは、あくまでもある程度の範囲においてのみ、ということになる。

「なんだ、自由といっても、その程度のことか」と感じられることだろう。そう、そのとおり、自由といっても、所詮《しょせん》は自分の能力を超えることはできない。単に、それを「引き出す」だけである。

ただ、自分の能力を完全に引き出したときには、それなりの充実感、すなわち「自分にもここまでできた」という達成感が得られる。僕自身、それを何度か経験した。だからたぶん、ほかの人もそう感じるだろう、と想像する。「経験的に」そういって良いと思うのだ。

その満足感を得たときには、多くの人がきっと「自由になった」と感じるにちがいない、と確信している。

最初に思い描いたものでなくても、ある程度の高みに至ったときには、自由を感じることができるのだ。

それはちょうど、「どこまでも高く天まで上りつめたい」という願望から人間が山に登るようなものだ。山の頂上に至ったとき、さらに上にはまだ空がある。天にはまったく届かないものの、これ以上には自分は上れないのである。しかし、大きな達成感が必ずある。経験したことがある人にはわかるはずだ。

これは、いろいろな分野で、またレベルの差はあっても、ほぼ共通している感覚だと思われる。

◇できる自分を作り上げる

練習を重ねることで、いったい何が変わるのか？

まるでなにかが自分に取り込まれた、つまり付加されたような気がする。たとえば、「技術」は「身につく」と表現される。

「知識」も、コンピュータに入力されるデータのように、自分の中へ入るものだが、練習して身につくものは、知識とは少し傾向が違っている。知識というのは道具のようなもので、たとえば、金槌《かなづち》と釘《くぎ》を手にすれば、それだけで大工さんと同じ能力を持つかというとそうではない。知識を持っていても、それをどう使えば良いのかがわかっていない、すなわち技術がないからだ。

だからこそ、講義を受けるだけでは不足で、実践的な訓練を積むわけである。そうすることで、「使える自分」がだんだんできてくる。こうして、思いどおり自在に行動できる自分に変わる。

結局、自由を手に入れるということは、そういう「できる自分」を作り上げることであり、自分の変化を積極的に推し進めること、といえると思う。

さて、しかし、口でいうこと、文章に書くこと、それを聞いて、読んで、うんうんと納得することは容易《たやす》い。「目から鱗が落ちました」と感動する人は多いけれど、感動しただけでは、人間はなにも変わらない。まだ「使える自分」を見つけていないからだ。

やる気さえ出せば良い、といった簡単なものではない。一歩踏み出すことが大事だし、一歩踏み出せば、このような自由を獲得する道のりが意外に険しいことにたちまち気づくだろう。以下では、その険しさについて、少し考えてみたい。

◇支配されていることを自覚せよ

既に書いたとおり、人間という動物は（あるいは他の動物すべてに共通することだが）、そもそもそれほど強く自由を求めていない存在なのである。

ペットを飼えばわかるけれど、彼らは飼い主に忠実であることが好きだ。人間にもこの傾向は強い。つまり、支配されることが心地良い状態だと感じる本能を持っている。

人間の歴史を振り返ってみても、個人の自由が確立したのはつい最近のことで、今でも完全には確立していないという意見もあるだろう。どの地方、どの文化にも、奴隷制というシステムがあり、また身分があり、差別があった。人が人を支配していた。

それ以外にも、人間は「神」という概念を作り出し、それによって自分たちが支配されていると思い込もうとした。今でも多くの人が、そう信じている。

そこまでいかなくても、「自然」に支配されていると感じているし、その支配から逃れることはできない、と考えている。大人しく慎ましく生きていくことが、人間のあるべき姿だと主張する人は大勢いる。科学に頼って自然に逆らったことが人間の過ちだった、と本気で考えている人も沢山いる。

支配されていれば、なんらかの恩恵を受けることができる、という思想も極めて根強い。殿様に忠誠を尽くせば取り立ててもらえる。ペットが飼い主に尻尾を振るのと同じである。支配の傘下に入ることは、余計な心配から逃れられる手っ取り早い方法なのだ。保険に加入するように、安心が得られる（もう少し客観的にいえば「安心」という錯覚が得られる）。今でも、この感覚は人間の根幹にある挙動だと考えられる。

何度も書いているが、僕は、この「支配されていることの安心」を悪いというつもりは毛頭ない。支配にもいろいろなものがある。母親が子供を可愛がる愛情でさえ、支配といえる。すべての支配を排除して、完全に自由奔放になろうとすれば、人間として破綻《はたん》を来すことはまちがいない。

ただ、そういったものが「支配」であるという認識が大切だ、ということをいいたいのである。

この「自覚」こそが重要だと考える。支配だと気づくことで、その傘の下にいる自分を初めて客観的に捉えることができる。それが見えれば、自分にとっての自由をもっと積極的に考えることができ、自分の可能性は大きく広がるだろう。

当たり前だと思っていること、不可避だと信じていたことが、単なる選択肢の一つにすぎないものだとわかってくる。なにごとも「自覚」が一番大切なことであり、これがすべての改革のスタートになる。

◇自由は人工的なもの

人間が「支配」を受け入れる本能的な傾向を持っていることは事実であるけれど、一方では、それを嫌う性質、つまり「自由」を志向する感覚を持ち合わせているのも、人間という生きものの大きな特徴といえる。ほかの動物と比べれば、これは歴然としているだろう。

あらゆる動物の中で、人間が一番自由を求める。もう少しいえば、自由を求めるだけの思考力を持っていた、といえる。したがって、極論すれば、支配は動物的であり自然であるが、自由は人間的であり人工である、といえる。

科学というのは、自然（あるいは神）の支配から人間を解放するものだった。科学技術は、数々の自由を人間にもたらした。あらゆるテクノロジィは、人間をより自由にするためのものである。

昔に比べて、今の世の中は豊かになった。鞭《むち》で打たれて強制労働を強いられるようなことも既にほとんどなくなった。何故か？　それは、機械が働いているからだ。機械が生産することで、社会はトータルとして豊かになり、沢山の人間が自由になれた（もちろん、まだ偏りはあるが）。この豊かさが、人口の爆発的な増加を許したのは、少々やっかいな問題であるけれど、いずれは人間の知恵が解決するだろう、と僕は楽観している。なにしろ、人間の知恵以外に、人間が頼れるものはないのだから。

◇人間の知恵が自由を拡大した

こういったテクノロジィの話をすると、きまって一部に眉を顰める人たちがいる。科学は発展しすぎた、もっと自然に還《かえ》らなければならない、都会を離れ、田舎に戻ってみんなで農業をしよう、自然の恵みによってこそ人間は生きられるのだ、というような主張である。

僕も、これを否定するものではない。そういう生き方は、個人的には認められるべきだ。僕自身、田舎の方が好きだし、今の日本は農業を蔑《ないがし》ろにしていると感じている。ただ、社会全体がそちらの方向へ進むことはありえないだろう。

そもそも農業というものが既に自然の営みではない。極めて人工的な行為だ。田畑で穫《と》れる作物とは、ようするに「養殖」された植物である。自然とはほど遠い人工的な環境によって大量生産され、また品種改良された製品なのだ。

これを成し遂げたのは科学である。農業はテクノロジィの上に成り立っている代表的な行為だ。林業もそうだし、水産業だって、海岸で銛《もり》を使って魚を捕っていた原始的な漁に比べれば、現在のやり方は工業に限りなく近いものになっている。

「人工」や「科学技術」を捨てて、過去へ戻ることはできないし、まして現在の人口を支えることはまったく不可能なのだ。

王様だけが自由だった古代に比べて、今は大勢の人が自由になれた。現在ほど「自由人」の数が多い時代はなかった。これは、神がもたらしたものではない（むしろ、神は障害の一つだった)。人間の知恵がなしえたものだ。

みんなを支配から解放したのは、人間が築いた秩序であり、それを支えるのは、科学技術という知恵なのである。

◇知性をもって前に進む

できないものだと諦めていたものを、人類はつぎつぎに実現した。超能力といえるような特殊な力が、今は誰にも自在に扱える。遠くの人と話をしたり、何千キロも離れた海の向こうまで、いつでも訪ねることができる。世界中の映像を瞬時に見ることができる。人間の躰の中までも透視することができる。どんな動物よりも速く走り、高く飛ぶことができる。気の遠くなるような昔のことを確かめられるし、将来の予知も可能になりつつある。結局、すべて人間が考え、工夫をし、着実に手に入れてきた自由なのだ。

こういうふうに考えると、「昔は良かった」「自然に還ろう」という発想は、どうも短絡的に感じられる。「不自由」や「支配」への回帰だといわれたら、どう反論するのか?昔のことに対しては、懐かしい「安心感」があることは、本能的に誰もが感じるところだけれど、しかし、人類は動物の本能から解放され、「自由を目指そう」という選択を何千年、何万年もまえにした種なのではないだろうか。

もちろん、安心を犠牲にすることはできないから、自由を得るためには、バランスを取りつつ、慎重に進む必要はある。無理に進めば、危険を伴うことは自明だ。

しかし、危険だからといって、今まで来た道を戻ることはできない。「テクノロジなど捨てて、100年まえの暮らしに戻れば良い」と言う人がいるけれど、そういう人は、今の世界の人口が100年まえの何倍になっているか知っているだろうか？　人間の数を半分にしても、まったく追いつかないだろう。

自由を前にして尻込みをするのは、動物的な「人間の性」だといえる。

しかし、知性をもって前に進むことが大切だし、それこそ「人間的」な選択だ、と僕は思う。

2章

他者からの支配、社会からの支配

◇服装と自由

自分の好きなことをしたい。自分のものは自分で選びたい。それは誰もが望んでいることだろう。他者に関係したり、あまりにも費用がかかったり、そんなに大きな望みは無理にしても、小さな身の回りの自由ならば、普通にみんなが持っているものだと考えている人は多いと思う。

でも、はたしてそうだろうか？

自分が着る洋服は、自分の好みで選ぶ。他者から「これしか着てはいけない」と命じられるようなことは稀《まれ》だ。会社や学校などで制服が指定されている場合はあるけれど、それ以外ではまず考えられない。

ちなみに、僕が中学生だった頃には、多くの生徒が学校の制服に反対をしていた。生徒会が制服を廃止する決議をして、先生たちに訴えたこともある。実際に、こういった運動の末、制服が廃止された学校もあった。あの頃は、大学生もいわゆる「学生運動」を盛んに展開していたし、労働者もデモをしていた。口々に「自由」という理想を語ったものである。

それに比べると、今の若者たちは、当時よりもずっと自由になったからなのか、こういった自由への運動というものが表面化することはまずない。むしろ逆に、「支配」を求めているようにさえ感じることがある。

最近の中学生たちを見ると、日曜日でも制服を着ているし、それどころかみんなが「同じように」着こなしている。僕からすると、それが不思議でしかたがない。

まあ、でも、これも自由なのだから、文句をいう筋合いではないだろう。

流行というものがあって、大勢の人たちがそれを気にして、できるかぎり従おうとしている。自分の着るものくらい自由に選びたくないのだろうか？　どうして流行に左右されるのだろう？

どちらでも良いことではあるけれど、こんなささやかな部分にも、自由を考えるための好例がある。

洋服を着ているのは自分だけれど、それを見るのは自分ではない。鏡を眺めたとき以外は、自分で自分の姿は見ることができない。つまり、他人にどう見られたいのか、ということがファッションの主たる動機といえる。だから、自分が着たいものを素直に着る、というわけにもいかないのが実情なのだろう。

しかしそれでも、もう少し個性的な選択があるように思える。流行を取り入れることは、つまりは考えなくて良い、「手軽な安心」の選択なのだ。それに従っていれば、誰かに文句を言われないで済む、という緩やかな「支配」に甘んじているといえる。

◇ブログの罠

これに似たことが、インターネットで大いに普及したブログにも観察される。あれは基本的に自由になんでも書いて良いはずのものだけれど、もちろん実情はそうではない。人目を気にしなければならない。そこが従来の日記とはまったく異なっている。

本当は誰も読んでいないかもしれない（その可能性が非常に高い）のに、仮想の大勢の読者を想定して（自分の行為が注目されているものと妄想《もうそう》して）、ブログを書く人は多いだろう。そういう心理がよく表れている文章が散見される。冷静になって観察すると、酔っ払ってハイテンションになっているときのようにも見える。

本来、自分の時間は自分のためにある。何をするかは自由なはずだ。

しかし、ブログを書くことが日常になると、ついブログに書けることを生活の中に探してしまう。人が驚くようなものを探している。写真に撮って人に見せられるものを見つけようとしている。たとえば、1年かけてじっくりと考えるようなもの、10年かけなければ作れないようなもの、そういった大問題や大作ではなく、今日1日で成果が現れるような手近な行為を選択するようになるのだ。

知らず知らず、ブログに書きやすい毎日を過ごすことになる。

これは、「支配」以外のなにものでもない。人の目を気にし、日々のレポートに追われるあまり、自分の可能性を小さくする危険がある。充分に気をつけた方が良いだろう。

そういう人は、ためしにブログを1カ月くらい休むと良いかもしれない。人に見せない、というだけで、自分が選ぶものが変わってくる。

誰にも見せない、誰にも話さない、としたら、貴方《あなた》は何を選ぶ？　自分のために選べるだろうか。自分が本当に欲しいもの、自分が本当に好きなものは何か、と考えることになるはずだ。ものを買うとき、選ぶとき、他者からどう思われるかを判断基準にしている、少なくとも、その基準が大半を占めていることに気づくはずだ。

ある程度はしかたがないこととはいえ、他人の目を気にしすぎると、いつか虚《むな》しくなるときが来るだろう。何のために自分は生きているのか。他人のためではない、自分のためではないのか、と……。

◇他人の目

もちろん、これも程度の問題ではある。人間は、孤島に一人で生きているわけではない。また、たとえ今は誰にも会いたくないという孤独を愛する人であっても、将来の誰か（自分も含まれる）に向けてメッセージを残したい場合もある。

だから、他者の影響をすべて排除しろ、といっているのではない。知らず知らずに流されていないか、他人の目を気にするあまり、自分が本当に好きなものを見失っていないか、と自問することで、ちょっとした自由を獲得することができる、というだけの話だ。

自分のことを例として持ち出すのは烏滸《おこ》がましいし、人によっては「なんだ、自慢か」と眉を顰めるかもしれないが、まあ、こんな本を書き始めたのだから、そういった恥を晒《さら》すのも仕事のうちと考えて諦めよう。

僕は、だいたいにおいて、他人の目を気にしない人間だと思う。自分が基準なので、自分が普通だと思うわけで、結局、「何故、みんなはあんなに人の目を気にするのか」と考えるはめになる。ものごとを客観的に観察しようとすると、人の目といった想像上の（思い込みの）自分の目こそ疑いたくなる。

もう少し説明すると、「人の目を気にする」人間の大半は、「自分の周囲の少数の人の目を気にしている」だけである。そして、「人の目を気にしない」というのは、自分一人だけの判断をしているのではなく、逆に、「もっと確かな目（あるときは、もっと大勢の目）」による評価を想定している、という意味だ。それは、「今の目」だけではなく、「未来の目」にも範囲が及ぶ。それが「客観」であり、「信念」になる。

◇作家という仕事

僕は今、作家という仕事に就いている。これは、そもそも人気商売といえる。そして、作家になる人、作家になりたい人というのは、人気を得ることを目的にしているのが普通みたいだ。大勢から注目されたい、という基本的な欲求がある。

しかし、僕にはそういうものがない。なかったからこそ、40歳近くになるまで、小説など書かなかった。たまたま書いてみたら、それが仕事になって、以来ずっとアルバイトとして文章を書いている。

自分が書く文章によって、自分を売り込みたいわけではない。人に好かれるために書いているのではない。伝わるものが伝われば、その結果として人にどう思われようとかまわないのだ。

現象的に捉えれば、僕が書いた文章を読んで得をする人たちがいて、その人たちから対価をもらい、僕は金銭的に潤う、というだけのことである。もし、その需要がなければ、いくら書いても本は売れないから、必然的に仕事として成り立たない。

言論の自由、表現の自由、といわれているとおり、書くこと、発表することは個人の自由だし、芸術あるいは創作の自由は、常に個人の権利として確かにある。

けれども、その自由を謳歌したいから僕は書いているのではない。僕にとっては、書くことは自由を楽しむためのものではない。そうではなく、仕事で稼いだ金で自分のやりたいことができる、そのための交換手段なのだ。

「金のために作品を書いている」というと、昔の感覚では「汚い」というイメージになるかもしれないけれど、こういうことは正直に述べる方が、「飾った偽り」よりは「綺麗《きれい》」だと僕は考えている。この思想もまた自由である。

◇大学の仕事

僕は大学院を修了して、すぐに大学に就職した。国立大学だったから国家公務員になった。一般の会社に勤めるよりは、かなり時間的にも、また労力としても束縛が少なく、つまり自由だったと思う。まず、上司からなにかを命令されることがほとんどない。ノルマというものも明確にはない。ときどき、会議に出席しなければならないくらいの制約しかなかった。その当時はそんな感覚はなかったけれど、あとから考えてみたら、とても自由だったと思う。

講義をしたり、ゼミをしたりといった教育的なワークも、慣れてしまえば大した労力でもない。週に1回か2回程度のことだし、なにしろ毎年学生は入れ替わるので、内容はほとんど変わらない。蓄積ができれば、しだいに楽になる。

大学の運営については、ちょうど大学改革の時期だったから、それなりに大変ではあったものの、ただ時間をかければ良い、ということばかりで、それほど悩むようなものでもなかった。

しかし、大学人にとって最も大切なことは研究である。大学の教員は、教育者や官僚というよりは、研究者なのだ。

助手の頃は、１日に16時間は大学にいたと思う。土曜日も日曜日もいた。お盆も年末年始もない。ずっと仕事をしていた。

毎朝起きてすぐ考えることは、「今日は何をしようか」である。なにしろ、これといって与えられたノルマがない。とにかく、自分で仕事を見つけて、将来の展望を考え、計画を立て、自分で少しずつ進めるしかない。学生を指導するようになれば、彼らが考えるテーマも探してやらなければならない。「仕事をこなす」というよりは、「仕事を作る」役目の方が大きい。何を考えるべきか、何が問題なのか、どうすれば問題が顕在化するか、どんな手がまだ試されていないか、といったことを来る日も来る日も考える。進む方向は決まっていない。やるべきことがあるわけではない。目標も、最初はどこにもない。それが研究である。自由といえば自由だ。

◇自由と向き合うことの難しさ

こういう自由な仕事というのは、たぶんほかにはそうそうないだろう。あるとしたら、芸術くらいではないか。芸術家は、こういう自由の中で生きているのかもしれない。現に、今、僕は小説家であり、まあ芸術家の一種といえなくもない。そして、たしかに、自由な点では研究とよく似ていると感じる。周囲から見ると、「自由な仕事」なんて、天国のような理想郷に思えるかもしれない。しかし、まったくその反対である。

そういった職場にいると、大きなプレッシャがかかるのだ。その証拠に、ときどき、教授から「ちょっと、これを手伝ってくれないか」などと仕事を頼まれると、もの凄く嬉しい。やらなければならないことがある、という状況が非常に清々《すがすが》しいのである。

給料をもらっているのだから、なにかしなければならない。なにも成果が上がらず、毎日遊んでいるばかりでは、だんだん後ろめたくなってくるだろう。それは、普通の神経の持ち主なら、たぶん長くは耐えられない。でも、とにかく考えて考えて、できないことがあれば、どうすればできるかを調べたり、試したりしながら、少しずつ前進する。しかも、その前進がまったく無駄だったとわかる可能性も大きい。それが研究というものだった。

人から与えられた仕事は、分量が決まっていて、それが終われば、その仕事が消えてなくなる。また、時間的に決められている場合も多い。5時に仕事が終わって、晴れ晴れとした気持ちになる人たちは、そこで支配からの解放を味わうのである。

ところが、研究という仕事には、こういった支配がない。だから、終わりというものがない。毎日大学から家へ帰るときには、やりかけの仕事の合間にトイレへ行くのと同じ感覚だった。仕事が終わって嬉しい、という気持ちがようやく（部分的にだけど）理解できるのは、会議が終わったときくらいだった。

大学の研究者には、20代や30代で病死する人が多いようだ。僕の身近でも、数人死んだ人がいる。おそらく、過労によるもの、あるいは精神的なストレスだと思う。自殺した人も何人かいる（もちろん、原因まで詳しくは知らないが）。

こういった事例から感じるのは、「自由」というものに向き合うことの難しさである。

たぶん、我々人間は自由にあまり慣れていないのだろう。

僕がいいたいのは、「自由」が、思っているほど「楽なものではない」ということである。自分で考え、自分の力で進まなければならない。その覚悟というか、決意のようなものが必要だ。

脅かすつもりはないけれど、客観的に見て、この要素を無視することができないので、マイナスの面を書いた（人によってはマイナスになる、という意味だ）。ただ、それは「山に登ることは大変だ。遭難の危険がある」というのと同様である。どんなものでも、なにかを乗り越えなければ、獲得はできない。

自由になるには、その覚悟が必要である。

◊誰が課した目標か

少し違った方面から例を挙げる。

テレビでやっていたものだが、小学生がドミノ倒し大会に参加していた。体育館に大量のドミノを並べて、最後にそれが倒れるところを披露するのだ。部分的な失敗はあったけれど、まあまあ成功と呼べる結果があり、そして感動を味わう。みんなで涙を流す。大きな苦労があって、それを友情や協力によって乗り越える、一言でいえばそんな演出だった。テレビを見ていた人も、きっと目を潤ませたことだろう。

僕はこういうものを見ると、たいていすぐに感情移入する方だから、つい泣いてしまうのだけれど、しかし、涙が出るからといって、それが無条件に素晴らしいものだとは思わない。本当の価値があるかどうかは、また別の問題である。泣けさえすれば良いというのなら、悲しい場面の同じフィルムを繰り返すだけで、人間は何度も泣けるだろう。

ドミノ大会は誰の企画だろう？　小学生たちが言いだしたことだろうか？　彼らは、自分たちの自由でドミノを並べたのだろうか？

そうではない。企画をしたのはテレビ局だ。つまりは、大人が用意した「簡単体験コース」に参加しただけである。

そもそも、「終わった！」「達成した！」という感覚こそが、人から与えられたノルマだから感じるものだといえる。

自分の発想でやり始め、自分が自分に課した目標であれば、たとえ見かけ上それを達成したとしても、新たな目標が必ず出てくるし、途中できっと不満な部分に出会い、あそこを直したい、もう一度ちゃんとやり直したい、という気持ちになるはずだ。自分の自由でやると、絶対にそうなる。経験がある人にはわかるだろう。

コンテストや競技、あるいは競争というイベントのときだけに「やった！」という達成感がある。とりもなおさず、それは自由を獲得したというよりは、不自由から解放されただけのことで、単に自由の出発点に立ったにすぎない。

◇自由の虜になる

目指すものは、自分で決めなければ意味がない。

本当の自由がそこから始まる。

目指すものへ向けて、少しずつ近づいていく自分、それを体感する楽しさ、そして、おそらくは辿《たど》り着けないかもしれないそのゴールを想うときの仄《ほの》かな虚しさ、でも、とにかく、その前向きさが、自由の本当の価値だと僕は思う。

この価値を一度知ると、もう自由の虜になるだろう。変な言い回しだが、自由に縛られる。それくらい素晴らしいものだと僕は考えているのである。

自由を得るためには、これといって有効で具体的な手法は存在しない。しかし、自由になろう、と思うだけで、今よりは自由に近づけるだろう。明るい方を向けば、自分の周りまで明るく感じる、そういうものである。

3章

身近に忍び寄る支配

◇考えること

政治家の演説のように素晴らしい響きの言葉を並べても、具体的な実行が伴わなければ意味がない。前章では、自由を得るための実際的で具体的な手法はないとも書いた。それでも、なんとか手掛かりになるくらいのものはないのだろうか。自由を獲得するためには、まず何をどうすれば良いだろう？

その問いに答えるならば、それは「考えること」である。

当然ながら、自分が何に支配されているのかをよく考えることが必要だ。自分を束縛する原因となるもの、もしそれが人為的なものならその意図をしっかりと把握することだ。ただし、支配の中には、実際はそれほど拘束力を持っていないのに、貴方が「これからはとうてい逃れられない」と思い込んでいるものがあるはずで、そのことに気づくだけで、解放されるものだってある。原因がわかれば、少なくとも目標は絞られる。このように、考えるだけでも少し自由に近づけるはずだ。

◇人生における支配とパワー

例を挙げていこう。

若いときには、親に支配されているはず。これは子供の宿命である。成人し、経済的に自立しても、なかなか完全に自由にはなれない。

もう少し年齢が上がると、立場がいつの間にか逆転し、今度は親が弱ってくる。そうなると、親の面倒をみなければならなくなる。これも言葉は悪いけれど、やはり支配の一種である。人間として果たさなければならない責任なので、簡単に放り出して逃げるわけにはいかない。無理に家を飛び出してしまうことは、一時の安易な解放であって、酒の席でよくある「無礼講」のような虚しい自由の錯覚である。長く続くものではないし、見せかけの自由、偽りの自由でしかない。

結婚をすれば、当然ながら家庭に縛られる。自分一人のときよりも、なにかと不自由になるはず。これもしかたがない。「甲斐性」という言葉があって、こういった責任を持つことで初めて生まれるパワーというものだってある。また自分の話で恐縮だが、僕はだいたいにおいて怠け者で、自分一人だったら、たぶん高望みをせず、身の回りのちょっとした充実だけを目指す人生を送っていたと思う。ところが、親が生きているうちは、「すすんでやりたくないけれど、親が喜ぶから、ちょっと頑張ってみるか」という気持ちで、自分の希望以上のものを目指したことがある。さらに結婚をしたら、今度は奥さん（不適切な表現だが、僕は敢えて使っている）に、もっと良い暮らしをさせてあげたい、と考えるようになった。彼女が買いたいものを買えるようにしよう、少しでも彼女の苦労が少ないようにしよう、つまり、もっと自由にしてあげよう、と思った。それには僕が今以上に働かなくてはいけない、でも、公務員なのだから急に給料が上がるわけではない、ではどうすれば良いか……、という具合に自問した。

もともと個人の望みというのは、それほど大きくはないものだ。周囲の人を含めて「自分たちのために」という動機の強さが、ときには自身のプラスになる。これは、「他人《ひと》のことを気にするな」というのとは微妙に異なる方向性といえる。ご理解いただけるだろうか。まったくの他人と、愛する人、評価してもらいたい人との違いである。

◇人間関係の支配

人間関係が複雑になることで、個人の自由は失われる、と考えて良い。お互いに助け合うことはもちろんできるけれど、約束や責任が自然に発生するためである。二人で歩けば楽しいかもしれない。しかし、一人で歩くときよりも神経を遣うだろう。相手に歩調を合わせなければならないからだ。

一般に、社会は「人の絆《きずな》」を美化し、その重要性を強調する傾向にある。「一人では生きていけない」「親しい人をできるだけ沢山作れ」「人情に囲まれて生きることが大切だ」と教える。学校でもテレビでも、必ずこのスローガンが貫かれる。しかし、今は江戸時代ではない。孤立しても生きていける時代である。都会は特にそういった自由人が集まった場所だともいえる。

僕は、「友達を作るな」といっているのではない。「そんなに無理に作らなくても良い」という意味だ。「友達が作れなければ、もう生きていく資格がない」と考えているとしたら、それは間違いである。静かなところで一人でいた方が安心できる、一人の方がのびのびした気持ちになる、という人はいる。いても良いのである。大勢がそうだとはいわないが、必ずいるはずだ。そういう人たちが、大勢が押しつける「常識的」な価値観に悩まされているのも事実である。みんなでがやがや賑《にぎ》やかなことが必ずしも「善」ではない。「常識的な大勢」は、そのことをもう少し理解した方が良い。

たとえば、自分の部屋に籠《こ》もってしまうこと。これは一概に悪いことではない。人に迷惑をかけなければ、いくらでも籠もれば良い、と僕は思う。籠もったきりでもできる仕事は沢山ある。もしきちんとそういった仕事をして、それによって社会に貢献できるならば、大いに籠もれば良いではないか。

一生、他人に会わないで生きていたい、という願望だって、「あってはならないもの」ではないだろう。そういう気持ちを「絶対にあってはならないものだ」と否定することは、僕は間違っていると考える。大勢で酒を飲んで羽目を外して騒ぐのも自由であれば、一人静かに籠もるのも自由だ。お互いに個人の権利を認めることが大切である。

ついつい、「明るいことは良いことであり、暗いのは悪いことだ」とイメージしてしまう。「お前は暗いな」という言葉が悪口になっている。明るい犯罪者と暗い正義の味方、というのは、僕は「バットマン」くらいしか知らないけれど、けして「あってはならない」ものではない。暗いのがどこがいけないのか。その論理的な理由は特に思い当たらない。籠もること、暗いことを規制する法律はないのである。

◇「式」のつくもの

結婚にしても同じである。結婚することが正しくて、独身で通すことは間違っている、という考え方は明らかに古いし、ほとんど言い掛かりである。結婚を「人間のあるべき姿」であるとか、「理想の人生」だという人がいるけれど、誰が決めたのだろう、余計なお世話だと思う。

僕は、そもそもあの結婚式というイベントが不自然だと感じる。どうしてあんな大袈裟《おおげさ》なことをするのだろうか。そんなに祝いたいのなら、結婚したあとに二人のところへ個人的にお祝いにいけば良いではないか。金をかけて大勢が集まる理由がわからない。

これは、葬式についても同様に思う。そんなに愛している人なら、死ぬまえに訪ねていって、本人と話をしたり、挨拶《あいさつ》でもすれば良かったのではないか、死んでしまったら本人はいないのだから、わざわざ行く意味がない、と考えてしまう。

もちろん、お祭り、宴会、イベントが無性に好きだ、という人はそれで良い。そういう人だけでやれば良い。当然の自由である。昔はそんなイベントでもなければ酒が飲めなかったのだろう、嬉しくても、悲しくても、なにかというと飲むことになる。今はいつだって美味《おい》しいものが自由に食べられるのだから、その理由はもうない。無駄に金やエネルギィを使って、また大勢の時間を拘束してやるようなことではない、という意見があっても良いだろう。どうしても「やらなければならないもの」と考えることは、実に不自由である。少なくとも、やるかやらないかを選択できるものでなければならない。「式」がつくものは、ほとんどやってもやらなくても、どちらでも良いものだ。個人の好きにすれば良い。本当はやりたくないけれど、人から何を言われるかわからない、後ろ指をさされたくない、だからまあ、やっておくにこしたことはない、という考えの人も多いことと思う。その支配に甘んじているわけである。

◇「会」がつくもの

「式」がつくものの多くが形骸化《けいがいか》しているように、「会」がつくものの多くもまた、形ばかりの存在と化し、実質として機能していない。副次的な機能が捨てきれないから続いているだけのものが実に多い。そういったものは継続する意味はないし、参加しないでも良いだろう。出ないと、なんとなく後ろめたく感じるものだけれど、自分の時間を犠牲にすることはない。自由である。

たとえば、ただ酒を飲みたい連中が継続を望んでいるだけに見える「会」が貴方の周囲にないだろうか？　町内会、同窓会、運動会、後援会、名前はいろいろあるけれど、会として存在していること、続いていることだけに価値があって、多くの場合、会から個人が得るものはない。それなのに、参加を半ば強制される。参加するメリットがあるものならば、無理に誘わなくても人は集まるはずなのに。

各部署から何人出せ、といったノルマがあったり、券を数枚渡されて、それを売らなくてはならなかったり、学校や学会が開催したイベントに学生を出席させて頭数を揃えたり、そういう「張りぼて式の会」が嫌というほどある。本当にこの社会は「自由」なのだろうか、と首を捻《ひね》りたくなる。

目上の人や上司などから言われると、断ることが難しい。抵抗してエネルギィを使うよりも、適当に言うことをきいて、我慢をした方が楽だ、と考えて従う人が多いだろう。そういう歴史が続いて、子供たちの時代にもずっと馬鹿馬鹿しい支配が続くのだ。嫌ならやめる、という勇気を持つべきだし、少なくとも、そうした意見を出してみるべきだ。一発で倒れない相手でも、ジャブを小出しにしておけば、いつか効いてくる。ささやかでも良い。なんらかの抵抗はするべきである。

◇力を合わせること

人と足並みを揃えなければならない理由は、大勢の力を合わせないとできないことがあるからだ。できないことは不自由であり、できることが自由だとすると、これはつまり、集団の自由を確保するための行為といえる。

大勢が一致団結しなければできないことはもちろんある。仕事の多くはそうだし、チームワークは大切である。

しかし、チームワークを維持するために酒を飲んで騒ぐ、というのは理屈として通らない。戦国時代に百姓に酒を飲ませて戦《いくさ》をさせた名残《なごり》ではないかと勘繰ってしまう。酒を飲んでわいわいやっているときは、それなりに楽しいかもしれない。しかし、だからといって人間どうしが打ち解けたわけでは全然ない。そんな時間があったら、真面目に議論をして、お互いの考えを伝え合った方がはるかに有用だ、という場合だって多々ある。酒を飲ませておだてれば、それで事が運ぶというのは、いかにも営業的な下品さが垣間見える。それで、すべての人間関係が上手くいくと考えていたら、明らかに浅はかである。

◇マスコミの支配

そもそも、マスコミが美化する「家庭」や「人情」という支配は、企業にとって好都合なものだ。個人個人がマイナな趣味に没頭して金を使うよりも、大衆は従来の娯楽に金を落としてもらいたい。ファミリィカーを買って、家族で旅行をして、家族連れでイベントに参加し、大量生産された製品をどんどん購入してもらいたい。

そういうスポンサがマスコミの後ろにいるわけで、個人が好き勝手にばらばらの消費活動をするよりも、同じ製品を大勢が買ってくれる方が明らかに商売として効率が高い。だから、大衆を扇動する、と考えることができる。

話は少し違うけれど、僕は朝食と昼食をとらない。夕食だけの一日一食である。子供の頃は三食無理に食べさせられたので、いつも腹痛に悩まされた。胃の調子が常に悪かった。大人になって、自分で自由に生活できるようになったので、まずは二食に減らし、そしてその後、一食にした。

一食にしてから既に20年以上になるが、まったく健康で、一度も病院に行っていないし、薬さえ飲んだことがない。この食生活が一番躰に合っている、ということだ。健康ならば、当然仕事も捗《はかど》る。もしかして、と試してみたら、上手くいったのである。ただ、みんなも一食にしろとは、もちろんいわない。人それぞれに個人差があるのは当たり前だ。

朝食をとらないと、絶対に「悪いことがある」という宣伝を繰り返しているのがマスコミである。どういうわけか、その反対の意見は出てこない。もし、一日一食が流行《はや》ったら、食品産業は大打撃を受けるだろう。スポンサはそれを恐れているのだ。だから、思いっきり食べて、食べ過ぎたら今度は薬を飲め、となる。胃腸薬のコマーシャルなどは、みんなそんなイメージである。

調子が悪かったら、食べなければ良いのに、どうして無理に食べるために薬まで飲むのか？　そんな無駄な消費を奨励しているのである。それぞれが自分の躰をよく観察して決めれば良いだけのこと。自分が一番よくわかるはずなのである。そんな基本的な自由までも、知らないうちに放棄していないだろうか?

同様のことはダイエット法でもいえる。「食べる量を減らす」ということが一番簡単で確実なダイエットである。それを、カロリィの少ない食品を買わせたり、そもそもカロリィがない食品を作って売ったりする。お金になること、商売になることしか、けっして宣伝しない。そういうものに乗せられて、消費者はどんどん搾り取られていく。

◇見えにくくなった支配

かつての封建社会では、一箇所に富が集まる仕組みになっていた。一部の支配層が、民衆から搾取をする。その根拠となるものは「身分」であり、生まれながらに尊い人と、卑しい人があって、それを乗り越えることは不可能に近い世の中だった。その不自由さからようやく逃れることができたのは、人間の歴史において、まだつい最近のことだ。

個人の自由が保障されるようになっても、軍国主義という支配があった。国が戦っているのだから、個人的な願望は我慢をしろ、という「集団の正義」を捏造《ねつぞう》したのだ。「それはおかしいのではないか」と反論することさえ許されなかった。

こういった不自由さは非常にわかりやすいから、そんな社会では自由が渇望され、本当の自由を多くの人たちが夢見たことだろう。不自由な社会では、みんなが思い描く自由はほとんど一致している。遠くにあるからこそ、ほぼ同じ方向に見える。だから、自由を獲得するために力を合わせて闘うこともできるし、自由という言葉が持っている響きも、みんなの耳に同様に届いたにちがいない。「革命」が成功するのは、このような条件があるからだ。

現代ではどうだろう？　一見すると、自由社会になったように映る。民衆は自由を手に入れたかに見える。おそらく、大勢の人たちが「自分は自由だ」と認識しているだろう。誰かに文句を言われることは少なくなった。誰かを批判しても、問答無用で逮捕されることもほとんどない。学校の先生が体罰を行うだけで問題になるような社会である。どんどん情報が公開され、闇《やみ》の部分は相対的に小さくなった。個人の自由は、基本的な部分ではたしかに守られているように感じられる。

しかし、僕の感覚では、「支配」がなくなったとか、減ったとはどうも思えない。簡単にいえば、見えにくくなっただけだ。封建社会や軍国主義のように「わかりやすい」力ではなくなっただけのことだ。そのかわり、美しい言葉に飾られ、密かに、そして緩やかに、支配は存在している。民衆から搾取して、富を集めようとする力は相変わらず存在する。少し考えて警戒をしていれば防げるものだけれど、安心の皮を被った支配を見抜けない鈍感な人たちは、今でも騙され、そして奪われている。

◊住宅ローン

たとえば、ローンはどうだろう? 金を貸し、あたかも人を助けて、夢を叶《かな》えるための手助けをするかのように装っているけれど、つまりは資金力がない人から利益を搾り取る仕組みである。銀行や保険会社の立派なビルを見ればそれがわかる。そこには大勢の社員がいるのだ。あれだけのものを支え養っているのは、利息を払っている人たちである。住宅ローンは特に酷《ひど》い。35年も支払い続ける。月々たったのこれだけ、という金額ばかりを誇張して見せる。綺麗で楽しい生活環境の夢を見せて、もの凄く高い金額の商品を売りつけている(金利が下がった現在でも、たとえば固定金利3%で返済期間35年の場合、30

00万円を借りると、利子は1850万円位になる)。珍しく「ボロ儲《もう》け」という言葉が相応《ふさわ》しい商売だろう。「ローンがなければ、一般市民は住宅が一生買えない。彼らの夢を実現させているのだ」ときっと支配側は弁明するだろう。しかし、「住宅が一生買えない」という社会こそがおかしいのである。そういう設定にしただけではないか。

ためしに、日本人が全員賢くなって、住宅ローンに一切手を出さなければどうなるか。住宅は造られなくなるだろうか? そんなことはない。みんなが持っている資金で買える住宅が建てられるだろう。あるいは、全部「賃貸」になるだけのことである。資金がなかったら、借りれば良い。借金をしてまで買うことに、どれだけの価値があるのだろう?

とにかく、そこまで極端に考えないにしても、住宅ローンでいったい借りた額の何倍をトータルとして支払うのかだけは、ちゃんと確かめておこう。そして、35年間も、健康で、給料が下がらず、そもそも住宅が価値を保ち続けるという奇跡を信じる楽観主義者以外は、手を出さない方が賢明である。少なくとも、リスキィな選択だと認識すべきだ。

◇宝くじ

たとえば、宝くじはどうだろう？　「夢を買う」などという言葉で飾っているテレビのコマーシャルは、ほとんど誇大広告だ。ＪＡＲＯ（日本広告審査機構）がよく黙っているなと思う。ゼロに等しいような確率のものに大きく期待させる、というのは詐欺行為に類似している（現に、富くじ行為は、法律で禁止されている）。こんな犯罪に近いことを国が率先して行い、国民から搾取をして良いものだろうか。

宣伝をするのだったら、せめて期待値がどれくらいなのかを明示すべきだ。貧乏な人から、さらに搾り取っているように思えてしかたがない。

これに似たものといえば、「国民年金」もそうだ。搾取をされているように見える。ただ、宝くじよりは、少なくとも期待値がはるかに高いだろう。

ニュースを見ていると、毎日のように詐欺に遭って金を取られた人の話が報道されている。被害者が老人や貧しい人であると特に悲痛である。でも、可哀相だと思うと同時に、多くの人が「どうして、そんな馬鹿なものにひっかかったんだ？」と考えるだろう。

そのとおり、結果を見れば誰でもわかる。全体像が最初から見えていれば、馬鹿馬鹿しいことは明らかだろう。それが、当事者には最初は見えない。自分の近辺にあることは、かえって見えにくいものなのだ。

利子が高すぎるなど、極端な手口は犯罪になるけれど、それが適度に低かったり、リスクを小さな文字であっても示していれば、もう「商品」という名の合法的なものになる。たまたま極端な例がニュースになっているだけで、そのほかの緩やかなものは、ずっと社会に根ざしている。それが普通のビジネスになり、儲けた人がビルを建て、テレビで宣伝をし、次の「カモ」を探しているのだ。

◇巧妙になる支配

こんなふうに、「支配」は形を変えて、より巧妙になって、大勢の「自由」を少しずつ奪っている。ただし、昔と比べれば、力で強制されるようなことは、少なくともなくなった。自分で見極め、判断をして、自分の自由を守ろうとすれば、ある程度は防ぐことができる。重要なことは、それが「支配」であると気づくことであり、その自覚があれば、その次には、どうすれば自分の自由をもっと広げることができるか、と自然に考えられるようになるだろう。

僕は、小説の読者から、少しずつ搾取をしている。僕の小説が読みたいと読者に思わせ、読者を「支配」しているから、こういった搾取が成り立つのである。しかし、読者は、こんな支配は自分には合わないと感じれば、いつでも僕の支配から逃れることができる。なにを読もうが、読者の自由だ。これが、当たり前のことではないだろうか？　僕は、ローンや宝くじのように、「買えば夢が叶う」なんて宣伝をしたことは一度もない。

たとえば、僕が銀行の経営に関与していたら、絶対にこんな話は書けないだろう。書いたらクビになるにちがいない。テレビで、ローンの怖ろしさ、保険のリスキィさを、番組のテーマにしたものがあるだろうか？　本当のことを客観的に報道すれば良い。視聴者のためを思うなら、何故しないのか？　つまりは、スポンサが怖くてできないのが、今のマスコミなのである。

◊空気は読むべきか

違う話に切り換えよう。

少しまえから「空気が読めない」という言葉が頻繁に使われるようになった。自分の周囲の環境、雰囲気、人間関係、他人の感情、いろいろなものを察知する必要性が、この「空気を読む」という表現に込められているようだ。昔からあった言葉だが、「空気が読めない」ことをこんなに大袈裟に、そしておおっぴらに口にするようなことは、あまりなかったと思う。それこそ、空気が読めない行為だからだ。

たしかに、生きていくうえで、周囲に気を配ることはとても大切なことだ。というよりも、危険を避ける意味で、あらゆる動物が自然にとっている行動である。

さて、巧妙な支配は、この「空気」に潜んでいることだってある。「周りに遅れをとってはいけない」といった不安を植えつけることによって、必要もない商品を買わせたりすることができる。

空気を読むことで、流れに逆らわないことも必要だが、空気を読むことで、余計な流れに巻き込まれることだってある。

流れに乗っているときは、自分の身近に摩擦が生じない。周りも同じ速度で流れている、それが「流されている」状態だからだ。しかし、少し遠くを見ると、自分が思いもしない危険な方向へ向かっていることに気づく。このように、身近なところに囚われてばかりいると、大きな損をする危険性がある。

近くだけでなく、ときどき遠くを眺めること、これがつまり、自分の客観的な位置を測ることであり、これによって自分の立場を知ることができる。この情報こそ、自分が向かうべき方向へ進もうという努力のきっかけになるだろう。「空気を読む」ことにあまりに熱心になっていると、「空気さえ読んでいれば安心」という人間になる。ずっと流されている状態だ。周囲のいいなりになっていると、惨《みじ》めな不自由さにいずれ気づくことになるだろう。

◇団結をうながす支配

一般に、支配する側の人間から見れば、大衆はなるべく一塊りになっていてほしい。その方が扱いやすいからだ。これは、軍隊や、あるいは集団作業などを思い浮かべれば理解しやすいだろう。

人材を単なる労働力として考えた場合の効率は、すなわち「団結」の度合いになる。したがって、どうやって大衆を団結させるのか、というノウハウがつまりは「指導力」だったわけである。綺麗な言葉で言い換えれば「人心を摑む」という表現になるだろうか。わかりやすい目標を掲げたり、求めるべき理想を語ったり、いろいろな手で人心をコントロールしようとした歴史がある。

これまでの社会では、そういった団結をしなければ、封建社会を壊すことができなかったし、また、生きていくために必要な生産においても、力を合わせる必要があった。しかし、これらのハードルを人類は既に跳び越え、団結が必要な場面は昔ほど多くはない。革命を望むなら、立候補したり、選挙で投票すれば良い。やる気を求めなくても、高い賃金を支払えば有能な人材はいくらでも集まる。コンピュータは、過去に人間が時間をかけてやっていた事務を瞬時にこなす。それが数万円で買える時代なのである。

このような時代になっても、集団の団結が必要だろうか？　まったく不要だとは思わないが、あまりにも、人との協調が美化されすぎていないだろうか？

同じことを繰り返すが、「団結」や「協調」が「悪」だといっているのではない。それが絶対的な価値を持っていると思い込む必要はない、というだけだ。そのスローガンを掲げる支配があり、また、それを崇める不自由な人々が見えるだけである。「必ずしもそうではない」という素直な目を持っていれば、支配は回避できるだろう。

なるべく同じものを大量に作りたい、だから消費者をも一定の型にはめようとする。そういった例は実に多い。ファッションの話は既に書いたが、たとえば、個人に対する一番大きな商品である住宅はどうだろう？

常々僕は、日本の住宅がどうしてこんなに画一的なのか、と不思議に感じている。外見も似ているし、間取りもパターン化されている。コマーシャルで繰り返されるキャッチコピィは、「天井の高い」「のびのびとした」「明るい」「家族が集まれる」「使いやすいキッチン」「楽しい食事」などなど。映像として流れるのは、「みんなが笑顔で集まるリビング」「南には大きな窓」「太陽光が降り注ぐ」といったもので、雨の日などは出てこない。そういった「言葉」や「映像イメージ」が、万人にとって絶対的な条件であるかのように謳われる。

◇自宅を設計して

僕は建築が専門である。30代のときに初めて自分で設計して自宅を建てた。このときは天井が高い部屋に憧れていたので、自分の書斎の天井高を6メートルにしてみた。リビングとの間の壁も取り払い、常に家族の顔が見えるような明るい空間を作ってみた。しかし、そこに住み始めてすぐ、僕は作家という新しい仕事を家で始めることになったのだ。そんなことは予想だにしなかったことだった。仕事をするときには、リビングのテレビの音や人の話声、笑い声が気になる。明るく楽しい家庭は、執筆作業には明らかに障害となるのだ。静かで集中できる書斎を作っておけば良かった。また、高い天井は冷暖房が効きにくい空間を作る。日本の住宅には、まだまだ高性能な断熱機能が充分になかったので、残念ながら快適とはいいがたい環境になってしまった。

小説を書いたことで、結果的に僕たち家族はかなり自由になれた。それは、僕が小説という仕事で予想外に沢山の報酬を得ることができるようになったためだ。国家公務員の給料は少しずつ上がる。だから、将来どうなるのかほぼ予測できていた。今よりも自由になりたい、という気持ちから、僕は小説を書く決意をしたのだが、これが功を奏した。こんなラッキィなことは滅多にあるものではない。

ただ、僕はそれが駄目でも次の手を考えていた。だから、いずれは、なにかで自由を勝ち取るつもりではあった。想定内の最も良い結果になったわけである。

一つだけ自分を弁護しておくが、あの高い天井の書斎に移ったことで、僕は小説を書く気になったのである。少しの間、家族には小さな不自由（僕の仕事中は静かにしてもらった）を強いることになったけれど、設計自体が間違っていたとは考えていない。あれはあれで、自由を求めるデザインだったし、その自由がさらなる自由を生むためのステップになっただけである。

少し話が逸《そ》れるけれど、僕は今現在の自分が自由だと自慢するつもりはない。何故なら、今でも不自由を感じるし、まだまだ自由だとは認識していないからだ。

自由の価値というのは、過去の自分よりも、今の自分が、そしてさらに将来の自分が「より自由」になっていく変化を感じることにある。常に自由に向かって進む、その姿勢こそが、自由の本質だといっても良い。目指すものが自由であるなら、目指す姿勢もまた自由である。そういう不思議な連鎖が自由の特性だといえる。

◊思い込みの支配

住宅の話に戻そう。小説で稼いだ資金で、僕は広い土地と、そこに建っていた建物を購入した。数千万円のオーダのものではない。億の単位の買いものだった。そういうことが突然できるようになったわけで、信じられない「自由」である。

家は古かったから、すぐに壊して建て直すつもりだったけれど、住んでみたら驚くほど快適だった。外国の仕様で作られた住宅だったので、窓はすべて嵌《は》め殺しの二重ガラス、そして壁も床も徹底した断熱設計だった。冬でも、前夜にエアコンで温めた空気で、朝はストーブなしで着替えができる。それくらい暖かい。もちろん、夏もエアコンがもの凄く効く。北は全面がガラスで、南には窓が少ない。どの部屋も照明が暗いけれど、本を読むときはスタンドを立てれば良い、というデザインだった。

そうか、どうして部屋中明るくしなければならないのか、と僕は気づいたのだ。必要なところだけ、必要なときだけ照明をつければ良い。暗い部屋というのは雰囲気があって悪くない。たとえば、高級なレストラン、ホテルなど、ほんのりとした照明のところは多いではないか。現代の日本人は明るさを意味もなく求めすぎていないか……。

高い授業料だったけれど、試してみなければわからないことはある。これも「支配」だったわけだ。あとでも詳しく書くけれど、つまりは「自分の思い込み」が障害となっているし、また、その思い込みの多くは、誰かが仕掛けた宣伝的な情報に起因している。自分の都合の良い方向へ導く情報だけを流し、それが「素晴らしいものだ」「欠かせないものだ」「当たり前のものだ」「健康的なものだ」と人々に思い込ませる。「明るい」という言葉だけで、騙されてしまう。支配されてしまうのである。

◇自由な発想

一旦まとめよう。

大切なことは、まず気づくこと。

支配されていることを自覚すること。

そこから、自由な発想が生まれる。自由に発想すれば、自然に自在な行動ができるだろう。

自由に行動することは、周囲と少々の摩擦を生じる。なにしろ、周囲にいるほとんどの人たちは「支配下」にあって、その支配が「当たり前」だと思い込んでいる。自由に行動したい貴方に対して、「勝手なことをするな」という目で見るだろうし、実際に抵抗される場合もあるはずだ。

さあ、どうすれば良い？　そのあたりを次章で少し掘り下げてみたい。

4章

支配に対するレジスタンス

◇自由を得るために

支配されている、と気づいたら、普通は誰だって自由になりたいと願う。自分が望んでいる楽しい支配ならば、問題は初めから生じない。

また、たとえ支配されていても、それによって得られるメリットがあるから、損得勘定の結果、支配下にいる方が今の自分にとって有利だと評価されれば、我慢した方が良いし、きっと我慢もできるだろう。

抽象的な話になるけれど、大きな自由を得るために、小さな支配をある期間じっと我慢するケースはわりと多い。むしろ、それが普通だといえるほどである。これは、練習している状態と同じで、できるようになるためには、何度もできないものを繰り返すことが必要であり、それを「楽しい」と感じることは可能だが、基本的にはなんらかの苦しさを伴うものだ。

できないからといって投げ出してしまうと、いつまで経っても自由にはなれない、という教訓は枚挙にいとまがない。

◇職場に問題があるとき

たとえば、現在の仕事の賃金が安い、あるいは、本当にしたい仕事ではない、といった不満は誰にでもあるはずだ。それは、もちろん不自由な状態である。

かといって、そこから脱出することは危険が伴う。上手くいけば良いけれど、もっと悪い状態に陥る可能性も高い。現在の仕事を辞めて、自分に合ったもっと条件の良い仕事を探そう、と思うことは前向きだけれど、辞めてしまえば無給になるし、適当な仕事が見つかるかどうかだってわからない。少なくとも、辞めるまえに見込みくらいは持たなければならないだろう。辞めなくても、調べることはできるからだ。

「とにかくまず辞めよう」という話は、単なる目先の自由につられ、支配から逃げているだけだ（ただし、それが必要な逼迫《ひっぱく》した状況もあるので、一概にいえないが）。今の職場に問題があるとき、自分の思うとおりに少しずつ環境を変えていく、という方法もある。辞めるまえに、これを試してみる価値はあるだろう。さらにいえば、自分に合った仕事とは何か？　どんなものなのか？　それを誰かに説明したか？　訴えたことはあるのか？

自由をぼんやり頭で思っているだけでは改善はしない。なんらかのアクションを起こさなければ、現実は変化しない。前進もありえないのだ。

◇組織と自由

大きな摩擦を避けることは重要だけれど、不満があれば、それを周囲に伝えることもまた大切である。

「自分は今のこの環境に不満を持っている」という気持ちをはっきりと伝えた方が良い。すると、相手は必ずこう尋《たず》ねてくるだろう。「では、どうすれば良い？」と。それに答えられなければ、本心を伝えた意味がない。単なる愚痴になってしまう。「まあ、自分が辞めるしかないんでしょうかね」なんて言っているようでは、まったく話にならない。辞めないで改善する方向を目指して努力をしているわけだし、そういう姿勢でなければ、話は聞いてもらえないだろう。

組織というものは、大きくなればなるほど保守的になり、ちょっとやそっとでは変わらない。個人に比べたら、はるかに鈍感なもの、それが組織である。

僕が勤めていた国立大学などはその最たるものだ。何故、こんな理不尽なことに時間やエネルギィを消費しなければならないのか、という不満が内部には実に多い。そういった局面に立つごとに、自分の考えをはっきりと周囲に伝える方が良い。それが健全な姿勢である。「こんなことをしていて、無駄ではありませんか」とときには会議で発言してみよう。しかし、たいていは、「そんなことはわかっているけれど、今はどうしようもない」という反応が返ってくるだろう。

そう、そのとおり、個人の一発言だけでは、まったくなにも変わらない。そういう不動のシステムになっているのだ。

それでも、喜んで今のシステムに従っています、という顔をする必要は全然ない。抵抗があることを表に出していれば、賛同者にそれが自然に伝わり、そのうちにみんなが表に出すようになるし、その結果、意見が集まって改善されることはある。

ただ、「忘れた頃」という、途方もなく時間が経過したのちの反応である場合がほとんどだ。残念ながら、経験的に学ばされた事実である。実にもどかしい。「そうか、あのときぶつぶつ言ったことが、今頃効いてきたのだな」と懐かしく思う経験を僕は何度もした。

自由を獲得するためには、そういった忍耐というのか、我慢強さが必要なのかもしれない。性急になっては、かえって大きな抵抗に遭い、自分の立場が悪くなる。逆に不自由になってしまうだろう。このあたりのバランス感覚が要求されるみたいだ。僕にはそれが欠けていた。途中で諦めてしまい、結局は組織自体を見限る結果となった。

◇自分の望む生き方

最近、定年後に田舎へ引っ越して、そこで自給自足に近いような生活をしたり、自分の趣味を最大限に生かせる環境へ生活の場をシフトする、という悠々自適なライフスタイルがそれほど珍しくなくなった。

僕が若い頃にはほとんどありえないケースだったと思う。仕事で大成功して大儲けをしたら、あるいは可能かもしれない、という程度の夢だった。それを、ごく普通の人（つまり、平均からそれほど外れていない収入の人）が実行できるとは誰も考えていなかったのである。たぶん、当時だったら周囲が大反対しただろう。よほどの変人でないかぎり踏み切れなかったはずだ。そういう意味では、みんなが変人になれる素晴らしく自由な時代の幕開けを感じる。

少々は型を破っても良い、つまり昔よりはばらつきを許容できる社会になったといえるだろう。目に見えない世間の抵抗が小さくなったわけで、そういう意味では、自由人にはありがたい。なにも定年まで待つことはなく、若いときからでも、自分の望む自在な生き方を実行できる。家族に理解してもらえれば、なお簡単だろう。子供も道連れにすることになるけれど、まあ、信念があれば克服できるにちがいない。

この点については、残念ながら、僕は自信がない。僕自身は、子供を自分の人生の巻き添えにすることに対して躊躇《ちゅうちょ》した。子供には子供の人生があるから、僕の価値観を押しつけるようなことをできるかぎりしたくなかった。だから、子供が社会人になるまでは、(可能な範囲でだが)普通の生活をしたつもりだ。国家公務員を辞めたのは47歳のときで、このときには、既に子供たちは成人していた。

子供を育てるには、ある程度の不自由を覚悟する必要がある。ただ、子供から得られるものはとても大きい。学ぶことが沢山ある。変なたとえになるけれど、これは動物を飼うことでも同じである。動物を飼えば、旅行にいけなくなるなど不自由も多々生じるが、それから得られるものは、その不自由以上に素晴らしい、と僕は感じる。どんなものでも、こういったメリットとデメリットを比較し、決断するのである。どれにも、良いことと悪いことがあって、人によってもその価値は違ってくる。

それでも、今思えば、若いうちに子供を育てておいて良かったと思う。これは僕の奥さんも同意見らしい。若いうちに子供を育てるのは苦労が多いけれど、そのあとは早く自由になれる、という意味である。

僕の両親は既にどちらも他界している。身近な死は不幸なことではあるけれど、しかし、僕は早く自由になれた。もう実家に縛られることがない。土地に縛られることもない。自分の人生を自分の価値観だけで選択できるようになった。

◇自由の根回し

本題に戻ろう。自分に降りかかる支配にどう対処すれば良いのか、というテーマである。さきほど書いたのは、その場その場の判断でバランスをとりつつ、自分の意見をしっかりと周囲に伝え、少しずつで良いから、「自由の根回し」をする努力を続ける、ということだった。

たとえば、嫌な会議に出席していたら、何故それが嫌なのかを考えて、その点を周囲に伝えた方が良い。改善できるならば改善してもらおう。難しいかもしれないが、伝えなければ、自分の気持ちは相手にはわからない。

職場では、とにかく「良い顔」をしなければならない、と思っている人が多い。嫌な顔一つせず真面目に働く、という姿が理想だと考えられているのだ。

しかし、それは「接客の心得」であって、必ずしも職場の仲間内や上司に対しても適用できるわけではない。しっかりとした理由があって、これには反対だというものに関しては、嘘《うそ》の笑顔で流さず、意見をしっかりと出すべきである。

ただ、意見を伝えるだけで、仕事の進行に抵抗してはいけない。仕事をきちんとこなさなければ、通る意見も通らない。つまり、会議などで反対意見を言い、それが却下されても、決議したことには従って、与えられたノルマはこなす。むしろ人以上にこなす必要がある。自分が有能であることを見せるほど、貴方の意見に周囲はしだいに耳を傾けるようになるだろう。「改善は無理だ」「そんなことを言っても駄目だ」と言われても、意見はみんなの記憶に残る。それが積み重なる効果は確実にある。
このように、根気良く、少しずつ築かれるのが自由である。

◇単なる反対は意見ではない

ただし、気をつけるべき点は、ただ嫌だ、とにかく気に入らない、反対だ、やりたくない、では意見とはいえない、ということである。反対する理屈が必要であり、それを論理的に説明できなければならない。どう改善すれば良いのか、という対案も不可欠である。反対するだけの野党では、いつまで経っても政策は取り入れられないし、まして、政権が取れるはずもない。

子供の話がさきほど出たので、一例を挙げてみよう。

親に自分の欲しいおもちゃを買ってもらいたい少年がいる。売り場に来たときに泣き叫んで「買って、買って」とせがむが、なかなかきいてもらえない。しかたがないので、安い別のものを買ってもらって、その場は泣きやむ。また別のとき、同じおもちゃを見て、泣き叫ぶが、今度も買ってもらえない。

次に、別の少年の場合。この子は泣いたりはしないが、これが自分の欲しいものだと親に説明をする。親は「そんな高いもの買えるか」と叱《しか》る。しかし、その後、安いものを買ってやろうとしても、少年は「いらない。僕の欲しいものではない」と首を振り続ける。こういう態度を貫いていたら、おそらく親は根負けするのではないか。

どちらの少年も同じものを欲しがっている。何が違うのだろうか？　それは、自分が手にしたいものに対する執念だろうか。それとも作戦だろうか。

親にもいろいろなタイプがあるから、どちらの少年のやり方が有効なのかは、もちろん一概にいえない。しかし、僕が親なら、有利なのは後者の子供なのではないかと思える。手段を考え、優先順位を決め、相手に対する説得力を持っている。その姿勢が強い印象を相手に与える。これは大事なことだ。

◇すべてに共通の成功法則はない

この頃、書店へ行くと、ビジネス書というのか、ジャンルの呼び方を僕はよく知らないのだけれど、どう生き抜くか、仕事をどう展開するのか、あるいは、発想や思考、判断のし方から、人間関係の築き方などなど、あらゆるノウハウに関する本が並んでいる。

あれだけの量の本が作られるのだから、それなりの需要があってのことだろう。金を払って本を買い求めるような人は、それだけで既に前向きだから、ぼんやりしている人に比べたらアドバンテージがある。つまり潜在的な能力が高いわけで、成功する可能性も高い。

だから、本に書いてあることが参考になって成功を収めた、といった例はけっこうあるのかもしれない。でも、たぶん、本を読まなくてもその人は成功しただろう。そういうものである。

ふと思いついたのは、もしかして、本書もそんな啓発書（呼び方がわからない）の一つとして認識されるかもしれない。「うーん、啓発ではないよなぁ」とは正直思う。どうなのだろう、そんなふうに機能するだろうか。書いている僕自身、よくわからない。ありえないことではない。そういう使われ方、解釈もあるのかな……、いや、それはまやかしではないのか、と悩む。

はっきりしていることは、あらゆる人や場合に共通するような成功の秘訣《ひけつ》、といったものは具体的には存在しないという点である。

抽象的になら、ある程度は共通事項を引き出せるだろう。たとえば、「努力が必要です」くらいのノウハウである。当たり前だ、と一笑されてお終《しま》いだと思う。しかし、それが本当のところなのだからしかたがない。問題の解決にはいろいろな方法があって、その場その場、つまりケースバイケースで、臨機応変な対応をしていく必要がある。とにかく正確に事態を把握して、考えて考えて、考え抜いたら、あとは自分を信じて進むしかない。ほら、やはり当たり前の表現になってしまう。奇策もときには有効だけれど、奇策は所詮奇策なのだ。一番成功の確率が高いのは正攻法、すなわち王道である。だからこそ、正攻法と呼ばれているのだ。

◇「抽象力」の大切さ

この頃の若者に目立つ傾向だが、ついつい具体的なものに目を奪われてしまうこと。これはたぶんテレビの影響だと思われる。どこかの店でこんなメニューが美味しいと報道されると、もうそれを食べなければ気がすまなくなる。そうでなくても、同じ料理を食べたくなる。

しかし、その本質は何かと冷静になって考えれば、「美味《うま》いものを食べたい」という単なる食欲なのだ。自分が好きなものを食べれば良い。それに、食べるのはいつだって良い。あるいは、もう少し考えてみる。しばらく食べていなかった懐かしいものとか、今まで食べたことのない味とか、それとも、食べるときの雰囲気とか、そういった抽象的なものが本質かもしれない。それを瞬時に見極める目が重要だと思う。

自分が何をしたいのか、案外人間はそれを曖昧《あいまい》なままにして行動しているものだ。ものごとを抽象的に捉える目、つまり「抽象力」を持っている人は、他者の成功例、そのノウハウといった情報から、たちまち抽象して本質を見出す。そうすれば、まったく違う分野のものであっても、自分の現在の問題に役立てることができる。応用力といっても良いだろう。

したがって、成功者、賢人の書を読むことは、もちろん有用だけれど、そこにある言葉や、具体例に目を奪われていてはいけない。具体的なもの、つまり目に見える「象」を排除して、内に隠れているコンテンツを摑み取ること、これ以外に万能のノウハウはない。

抽象的すぎてわからない？　それがもう勘違いである。抽象的だから理解できるのだし、具体的すぎてわからないものが多すぎるのだ。

◇他人に相談

仕事柄、大勢の若者（主に大学生）とつき合ってきた。ときどき人生相談のような雰囲気の話に及ぶことがある。彼らの悩みというのは、一般化すれば、「自身の環境の不自由さ」である。なんとかそこから解放されたいが、どうすれば良いのかわからない、あるいは迷っている、だから助言を求めているのだ。

このように他人に相談をする行為というのは、少なくとも最悪の状況ではない。むしろ、前向きだ。なにしろ、自分が不自由であることを自覚しているわけだし、自由に向かおうとしている、その方向性は間違っていない。気づかないよりもずっと良いし、また諦めてしまうよりも発展的である。それから、他者に相談するためには、自分の不自由を言葉で表現しなければならない。これが非常に大事なプロセスなのだ。

自分の印象、感情というものは、自分だけが認識している。確かに存在する記憶や思考に基づいている。それに比べると、言葉というのはデジタルな記号であって、他者と情報を共有する、あるいは情報を伝える手段である。気持ちを言葉にするときには、少なからずフィルタがかかる。上手く言葉にできない、という経験は誰にもあるだろう。これは当然のことで、言葉にすることで失われる情報が必ずある。失われる方が多いかもしれない。

しかしそれでも、言葉にしなければ外部へ出ていかないので、多少の犠牲はやむをえない。言葉にするためには、自分なりの整理が必要だし、細かい部分で0か1かの決断をしなければならない。もやっと存在するものを、AかBか、どちらに近いかを決めなければ、言葉にならないからだ。この過程で、自分一人で悶々《もんもん》と悩んでいたときに比べると客観的な思考ができるようになる。言葉にすることで、「他者はどう捉えるだろう？」という想像をするからだ。

したがって、相談すること自体が、悩みを明確化し、それだけで解決に向かうことだってあるだろう。相談相手からアドバイスが得られなくても、救われる。教会の懺悔《ざんげ》がこのメカニズムだ。「聞いてもらえただけで楽になった」という経験はないだろうか。

◇解決策は明らか

もう20年以上もまえに僕が見出した法則の一つに、「悩んでいる人は、解決方法を知らないのではなく、それを知っていてもやりたくないだけだ」というものがある。方々で何度も書いたり話したりしている。

悩んでいる人を揶揄《やゆ》しているのではない。人間というのは、自分のことを一番よく考えている。貴方のことを一番考えているのは貴方なのだ。これは例外なくすべての人に当てはまることだろう。

どうすれば良いのかは、わかっているけれど、その方法を素直に選択できない状況下にある。だから悩むのである。

解決の方法がないわけではない、というのが、この法則の意味だ。道に迷っているのではない。道は目の前にあるけれど、なんらかの理由でその道を通りたくないのである。

道を教えてほしい、と訴えているのだが、実際の問題はその道を嫌う感情の解決にある。その道が嫌なら、別の遠回りする道を探すしかないけれど、それよりは、道を通りたくない理由を排除することの方が本来の解決になる。

なにしろ、客観的に見ても、その道を通ることが最も合理的である場合が圧倒的に多い。本人もそれはわかっている。では、どんな理由で本人はその最良の道を嫌っているのか？僕の経験では、多くの場合その理由は、「自分にはできない」と思い込んでいる、あるいは、「そんな面倒なことは嫌だ」という、これまた思い込みである。その道に立ちはだかって通せんぼをしているのは、紛れもない本人自身なのだ。

また、ときには「その道でまちがいないから頑張って進みなさい」と誰かに背中を押してほしい、という欲求だったりする。第一歩を踏み出すきっかけを求めているのだろう。甘えだと思われてもしかたがない状況といえる。「どうすれば良いでしょうか？」と尋ねてくるわりには、自分なりの「答」を既に持っていて、その後押しを願っているのである。

◇自分の位置を確認する

道の話が出たついでに、地図について書こう。

地図というのは道を知るためのマニュアルだ。どの道を通って目的地へ辿り着けば良いのか、という情報がそこにある。地図を持っていることは、目的を達成するため、あるいはは問題を解決するためのノウハウを知っていることに等しい。だから、地図さえあればもう大丈夫だ、と安心しがちである。

これは、あらゆる書物、あらゆる教育、どんなものにも当てはまることだ。研修をして、マニュアルを頭に叩《たた》き込めば、もうすべてに対処できる、と思いたい。しかし、現実はそんなに甘くない。どうしてだろう?

道に迷ってしまう。そして地図を広げる。しかし、よくわからない。何がわからないのか。目的地ははっきりしている。

ところが、「今、自分がどこにいるのか」がわからないのである。「自分がどちらを向いているのか」もわからない。

これは、非常に沢山の場合に当てはまることだと思う。どうも上手くいかない問題が目の前にある。そして、問題を解決するための分厚いマニュアルもある。しかし、どこで何が起こっているために不具合が生じているのか、問題がどこにあるのかがわからない。世の中の問題の多くは、ほとんどこのように曖昧模糊《もこ》としているのだ。ここに問題がある、と明確にわかれば、もうほとんど解決しているといっても良いだろう。

繰り返し、「支配に気づくことが大切だ」と書いている理由がここにある。自由を勝ち取ることは、今の自分の状況がどんな問題を抱えているのかを分析することから始まる。自分の位置、そして方向を認識すれば、自ずと軌道修正の方法は見えてくるものだ。

そして、その分析では、ただ考えるのではなく、整理して、言葉にしてみる必要がある。人に話せなくても、自分と対話すべきである。文字にして書くことも有効だ。その文章を何日か経ってから読んでみよう。自分にすんなりと理解できるだろうか？　言葉で伝わらないものはたしかにあるけれど、しかし、なんとか努力して言葉で表現してみる必要がある。周囲との協調、協力が必要な解決策も当然あるわけだから、周りの人を納得させなければ自分の自由が築けない。

どのようにしてこれらの障害を切り崩していくのか、よく考えて作戦を練るべきである。計画を立て、スケジュールを組み、少しずつ前進をする。予定どおりに進まないことだってあるだろう。そのときは即座に計画を修正する。臨機応変にならなければならない。慌てずに進めよう。自由に近づいている、というだけで少なからず自由が感じられる。しだいにその楽しさがわかるようになる。

大した苦労ではない。毎日少しずつ、自分の決めたことを実行するだけだ。たとえば、起きたいと思った時間に起き、しようと決めたことをする、というだけである。このように自在に生活できれば、既に自由の一部は実現している。計画さえあれば前進できる。すべては、最初に自分の位置を確認することから始まるのだ。

◇不自由が続く理由

自分が不自由だと語る人がいる。その人は、自分の不自由の理由を知っている。しかし、その不自由が好きなのだ。だからそこから離れられない。支配に囚われているのである。顔をしかめて、「いやあ、まったく苦労が絶えないよ」と零《こぼ》す。

たとえばそれは、仕事仲間に対する愚痴だったり、家庭内の問題だったり、不況といった社会全体の環境だったり、対象はさまざまであるけれど、共通しているのは、その人がそれを許容している、という印象を聞き手に与えることである。

想像であるけれど、「まったく、こう雨ばかり続くと、嫌になるよね」というのと同様の響きなのだ。雨はたしかにしかたがない。今の科学技術でも雨を防ぐことはできない。

しかし、傘をさすことはできる。野球だってドームの中でゲームができるようになった。こうして不自由は克服されている。どんなことでも、諦めずにいれば方法はきっとある。そして、いつか実現するはずだ。

だから、逆説的にいえば、いつまでも不自由が続く理由とは、それを許容していること以外にない。

「努力をしろ」と無理にいっているのではない。そんなに苦しむようなことではない。苦しさが続くようなら、その方法を疑った方が良いだろう。楽しめなければ長続きはしないから、自分に合ったペースで、一歩一歩自由に近づいているという感触を味わいつつ、旅行気分で前進する。その方がきっと上手くいくだろう。

僕は、だいたいそんな感じでのんびりと進んできたつもりである。いくらのんびりであっても、毎日前進していれば、ずっと遠くまで行けるものなのだ。

◇自分が望むものを作る

もう少しだけ、自由を手に入れるための秘訣めいたことを考えてみよう。いずれも抽象的な方法論になるけれど……。

最初に思い浮かぶのは、「みんなと同じことをしない方が得だ」ということである。これは、かなりの確率で成功する秘訣のように思う。

どういうわけか、日本人は「みんなと一緒ならば安心」と思い込む民族らしい。自分の子供に対しても、「人並みであってほしい」と願う。子供には、みんなと同じ色のランドセルを買ったのではないか。男の子なら黒、女の子なら赤だ。子供が「黄色が欲しい」と言ったとき、「やめておきなさい」と反対しなかっただろうか。そんなふうにして、子供の自由さを大人が奪っている構図は実に多い。

僕が小学校に入学したのはもう45年もまえ、半世紀も昔のことだ。社会は今よりもずっと保守的だった。ランドセルだって赤と黒しか売っていなかった。でも、たまたまデパートに一つだけ青いランドセルがあったのだ。青というよりも水色だった。僕は迷わずそれにすると親に言った。母は「本当にこれで良いの？」と確かめたけれど、それを買ってくれた。今思うと、そのときの母は立派だったと思う。些細《ささい》なことだが、こういったことは積み重なるだろう。ちなみに、僕の息子も青いランドセルが欲しいと言ったので、それを買ってやった。僕がすすめたわけではない。歴史は繰り返すのである。

話はまたも逸れるが、僕の母は、道具ならばなんでも買ってくれた。でも、それ以外のものは滅多に買ってくれなかった。「道具があれば、自分の好きなものが作れるでしょう?」と言うのである。僕は、プラモデルや鉄道模型を買ってもらいたかったけれど、父が戦車のプラモデルを一度だけ買ってくれたのと、母がドイツのもの凄く高い電気機関車を一度だけ買ってくれたことがあるのが数少ない例外だ。母はとにかく売り場にある一番高いものを買おうとする。道具もすべてヨーロッパ製の一級品だった。小学生に対して、ドイツのブランドのニッパを与える人だった。僕にはそれが大いに無駄遣いに思えたけれど、実は今でも母が買ってくれたニッパを僕は使っているのである。刃こぼれもせず、まだ現役だ。僕が大人になってからホームセンタで購入した安物の道具はほとんど消耗してしまったから、この差は非常にはっきりしている。

まあ、そんな教訓めいたことはべつに良いのだけれど、母が教えたかったことは、「プラモデルは、設計図どおりのものしかできない。それは、貴方が本当に作りたいものなのか?」という問いだったと思う。

道具を手にして、それが思いどおりに扱えるようになれば、自分が望むものを作ることができる。それこそが本当の自由なのだ。

◇人気と需要

人と違う道を選べ、という話をしていたのに、脇道へ逸れてしまった。大勢が選ぶ道というものが、どの時代にも、どの方面にも必ずあるものだ。

大学で学生を指導していると、みんなが希望する就職先がある。たとえば、建築の職種でいえば設計士（一般に建築デザイナと呼ばれる）がそうだろう。デザイナというのは、人気のある職種らしい。テレビにもよく登場するのでイメージがしやすいのか、みんながなりたがる。

僕は大学院に進学するとき、本当は建築の歴史が勉強したかった。昔のヨーロッパの教会建築が好きだったから、好みのものを眺めて勉強ができるならば素晴らしいと考えたのだ。しかし、歴史を扱う講座は、たまたまデザインを専攻するのと同じ講座で、希望者が殺到していた。僕はデザイナになりたかったわけではないけれど、とにかく、その講座へ配属されるためには高い競争率を勝ち抜かなくてはならない。話し合いをして折り合いがつかなければジャンケンになる、といったルールだったかと思う。ジャンケンに負けると、第一希望を割り振ったあとの、空いている講座しか選択肢はなくなる。

僕はここであっさりと進路を変更することにした。比較的人気がない建築材料の講座を選んだのだ。そこならばジャンケンをしなくても入ることができそうだったし、大勢が行きたがらない分野なら、きっとそれだけチャンスが大きいだろう、と感じたからである。

この選択が、結局僕を大学人にした。ほかの分野よりも明らかに研究者が不足していた。必要なのに専門家が少ない分野でもあった。

人気があるものが、必ずしも社会が求めているものではない。むしろその逆であることの方が多い。不人気な職業ほど、働き手が不足していて、待遇は良くなるし、いろいろな場面で選べる自由度も高い。

◇先入観に囚われない

それにしても、「今調子が良いもの」にみんなが向かうのはどうしてなのだろう？　今良いものは、いずれは悪くなるものなのに、今調子が良い会社に就職希望者が殺到する。不思議な光景である。

おそらく、「勝ち取った」という満足感を得たいのか、あるいは、「自慢ができる」という優越感が欲しいのか、そういうものが動機だろうとは想像するけれど、しかし自分の将来を、そんな些末《さまつ》な（他者に対する見栄のような）動機で決めてしまうのは、本当にもったいないことだと僕は考えてしまう。いかがだろう？

行列ができる店とかも同じだ。僕には実に不思議な光景である。自分で美味しい店を発見した方が喜びは大きいのではないか。テレビで「これがダイエットに効果がある」と放送されると、翌日のスーパではその商品が品切れになっている。人のことはいえない、僕の奥さんはこういう餌に釣られて突き進むことが大好きだ。バーゲンセールなども同様である。お祭り感覚なのだろう、と理解するしかない。

もちろん、すべて否定はしない、微笑ましいと思う。しかし、人生でここぞという場面、勝負に出る局面では、大勢が選択しない道を真剣に考慮するべきだ。大勢が行かないから安全率が低いという先入観に支配されていないだろうか。それは、本当に根拠のある判断か。「狭き門」という言葉は、そもそもはこの意味である。広い門ではなく、誰も通ろうとしない狭い門を選べ、という教えだったと記憶する。

ただ、ここでも念のために書いておく。誤解しないでもらいたい。「狭いから良い」と短絡的に判断してはいけない。そうではなく、狭いからといって無視をするな、という意味だ。

自分が選べる範囲は、すべて満遍《まんべん》なく注目しよう。自由の可能性を自分から制限することはない。チャンスは、それに気づいた者にだけ微笑むのである。

◇仕事の変容

そもそも、人にはそれぞれ、その人だけが持っている個性というものがある。ある程度、この個性を抑制し、協調し合って、お互いの共通利益を見出していく、というのが社会の基本的なシステムである。貧しい時代ほど、効率的な協力が不可欠であり、個性は邪魔な存在だった。また、第1章に書いたとおり、人間という動物は群れをなす本能を持っていて、集団の中に溶け込み、個性を没することで安心をする。集団という巨人の細胞となれば、あたかも自分の姿を消せるような錯覚を得るのだろう。だが、もうそんな時代ではないはずだ。

もっと個性を、といった声をよく耳にする。個性的というのは、今日では悪い響きはまったくない。むしろ、多くの人が「個性的でありたい」と望んでいるようだ。それなのに、決まり切ったコースに大勢が殺到し、みんなが同じ行動をとるのはいったいどうしてなのだろうか。動物的な本能だけで片づけて良いものなのか。

社会の大きな流れを考えてみよう。かつては農場や工場で働く多数の労働力が必要だった。個性を発揮することが要求される職場はごく少数であり、人間は黙って機械のように働くことを求められた。現在その種の労働は、文字どおり、機械によって取って代わられつつある。機械というのは人間が考え出し、人間を楽にするために、つまり人間の自由のために人間が作り出したものである。人間の代わりに機械が労働してくれる。エネルギィ問題は残るものの、これは、素直に素晴らしいことだと評価できる。ときどき、行きすぎた機械化を否定する意見もあるけれど、大筋ではみんなが希望したからこそ実現したものなのだ。

そして、充分に機械化された社会では、人間はもっと創造的な仕事をするようになる。たとえば、歌をうたったり、絵を描いたり、新しいアイデアを出したり、そういった人間にしかできないことが、人間の労働の対象となる。現に、江戸時代に比べれば、そんな「遊び」に近いような職種が今は沢山ある。芸能人や芸術家が好例ではないか。生活に直接必要なものを生産しない職業が増えているのだ。将来はもっと増える可能性がある。

◇個性的に生きること

小説家を目指している若者から、僕のところへ来るメールには、よくこんな質問が書かれている。「どうすれば、個性を出せるようになれますか?」

クリエータ(創作活動を仕事にする人)にとってオリジナルの世界観というのは、ほとんどその作家の価値そのものといって良いだろう。ほかと違うものを持っていることは非常に有利に働く。それが「才能」という能力の重要な部分だと考える人も多い。

さて、しかし、その個性なるものは、どうすればパワーアップするのだろう? なにかこれといったノウハウでもあるのだろうか?

僕は、その質問が、「自由になるには、どうすれば良いですか？」という質問と、ほとんど同じだと感じる。それは、「個性的に生きること」が、「自由に生きること」に限りなく似ているからである。言葉の定義というか、人が持っている語感の違いくらいしか両者の差がないようにさえ思う。

同じように、子供を持つ人から、「個性的な子供に育てるにはどうすれば良いでしょうか？」という相談も何度か受けたことがある。たぶん、僕が曲がりなりにも教育者だったから、こんなメールが来るのだろう。さあ、どうしたら良いのでしょう。さっぱりわからない。僕は二人の子供を育てた（育てたのは、事実上ほとんど僕の奥さんだが）けれど、どうだろう、個性的に育っただろうか？　あまりそういった検証をしたこともない。とにかく、僕は子供に対してほとんど無関心な親だった。それだけは確かだと思う。学校の通信簿を見たことがないし、彼らの大学受験のときだって、どこを受けるのかさえ知らなかったくらいだ。今は二人とも大学を卒業して社会人になり、ずっと遠くでそれぞれ生活している。困っていれば助けてあげよう、という気持ちはあるけれど、こちらからアプローチするようなことはない。滅多に会わない親友くらいの感覚である。

◇個性がないはありえない

また話が逸れたが、僕が確信するのは、誰だってみんな個性的だ、ということである。極端な例だけれど、まったく典型的で平均的な日本人という人がいても、それはそれでその人の個性である。

個性に強いも弱いもない。良いも悪いもない。「個性がない」という状態がそもそもありえないことだし、「個性的」という表現に至っては、なにか全然違うイメージをみんなが抱いている可能性がある。違う言葉でいえば、「珍しい」くらいの感じだ。

個性を出す方法は極めて簡単である。素直に行動していれば、その人の個性のままになる。それでは不都合がある場合には、少し首を引っ込めて、我慢をしなければならないかもしれない。あまりに個性的だと、人に理解をしてもらえないことになるからだ。でも、個人から発するものを、言葉という共通の通信手段に乗せる段階で、たいていは首を引っ込めたのと同じ状態になるから、そんなに気にすることではない。

自分の個性をこのように抑制することは可能だ。しかし、基本的に他人の個性を真似たり、背伸びをして偽りの個性を装っても、結局はボロが出る結果になる。個性というのは自然に滲《にじ》み出るもので、表面をいくら取り繕っても、そのうち周辺に香るものではないだろうか。

表面を飾ることが個性だと勘違いしているから、「どうすれば個性を……」という発想になるのだと思う。個性はファッションや化粧ではない。「素《す》」のことなのだ。

この「素」の体現が難しいのかもしれない。「素直に」とは、自分の気持ちがおもむくままに、ということ。大勢が行列を作って並んでいるけれど、自分はどうしたいのか、何故並ぶのか、行列の先は本当に自分にとって価値のあるものなのか、情報を自分で確かめ、それに対するその素直な評価をすれば良い。素直とは、自分の声を聞くことだ。

自分の周囲に、自分がどう考えているか、という情報を伝えることもまた、この「素直な」行動の一つだといえる。無理をしないで、バランスをとりながら、できるかぎり素直に発信すること。それをするには、「素直に考えること」がまず必要だ。これについては、次章で掘り下げてみたい。

抽象すれば、自分にとって合理的な理由で判断をすること。周囲の評価、定説、噂《うわさ》、世間体、そして常識、といったもので選ぶな、ということ。

非合理な常識よりも、非常識な合理を採る。それが自由への道である。

5章

やっかいなのは自分による支配

ここまでの話では、自由を奪う支配の主たる原因は、自分の外側にあった。近くは家族や親族、そして周囲の人間関係、さらには地域、社会、そして国家、地球といったレベルまで、数々の支配が個人の自由を束縛しているが、実は、それらよりもずっとやっかいなのは、自分の内側から生じる支配なのである。知らず知らずのうちに、自分自身で自分の自由を奪っている。これについて、本章で述べよう。

◇老いと好奇心

人間でも動物でも、歳をとるほど新しいものを警戒し、ときには頭からそれを拒むようになる。若いときには、珍しいというだけで飛びつき、少々のリスクがあっても好奇心が優って近づく。「若さ」とは、すなわち「冒険」である。いろいろなものに手を出し、自分の中に取り入れようとする。

この好奇心は、動物の中でも特に人間に強く観察される特徴だろう。そういった若者の姿は、年寄りから見ると、つい窘《たしな》めたくなる対象となる。どうせ上手くいかないのだから無駄なことをするな、と忠告がしたい。経験を積むほど、結果が予測できるようになるからだ。上手くいかない例を沢山見てきたことで、その危険さが気になるわけである。

また、歳をとるともう失敗ができない、という警戒心が自然に大きくなる。「年寄りの冷や水」的なことはやってはいけない、もっと落ち着いていなければならない、という常識が自然に発生するし、周囲も年寄りには、そういった「重鎮」的機能を期待するようになる。基本的に、若いときほど革新的であり、歳をとるほど保守的になるのは一般的な傾向であろう。

犬を飼っていても、同様のことが観察できる。子犬はなににでも興味を示す。しかも友好的だ。自分以外のものをすべて受け入れようとする。そういう積極性、社交性を子犬は持っているから、ほかの犬とも喧嘩《けんか》にならず、すぐに仲間になれる。子犬が放つ匂《にお》いがそもそも友好的なのだそうだ。しかし、成犬になって落ち着いてくると、新しいことをしなくなる。自分の好きなことはもうほぼ決まっていて、同じことばかりするようになる。習慣を変えようとはしない。歳をとってから出会うと、無条件に友好的にはならない。成犬であれば、お互いに警戒をして近づくし、ときには吠《ほ》え合うような場合もある。どうしても懐疑的になるようだ。まさしく、人間と同じではないか。

街を歩いていて見かける老人たちは、みんな難しい顔をしていないだろうか。子供ほど笑顔である。もちろん、よい大人になったら、へらへらと始終笑っているわけにはいかない。それこそ変な人間だと思われてしまう。もともと、日本人の場合（特に男性ならば）、滅多なことでは笑わない、というのが落ち着いた大人の理想像であるかもしれない。武士はにこりともせず、高僧も感情を表に出さないのが良しとされるようだ。茶道でもそうだし、剣道でもそうだし、それが日本的な「道」を極めた姿だったことは確からしい。けれども、これもやはり時代を考えるべきだし、そういった固定概念に縛られていること自体が不自由である。

◇老人には余裕がある

高齢化社会といわれて久しい。老人がもの凄く沢山いる。もう60歳くらいでは老人とはいえないほど、普通というか、中間的年齢といっても良いだろう。かつては、老人も貴重な労働力だったけれど、機械化によって重労働が劇的に減ったおかげで、自由な時間を持ち、のんびりと生きられる老人が増えた。核家族化や医療の方面へも思いを巡らせてみよう。昔も今も、子供に対するものはそれほど変わりないけれど、老人を取り巻く環境は、実に劇的に変化していることがわかるだろう。

会社を定年退職すると、まず時間的な余裕ができる。さらに、若者に比べると、老人は金銭的にも余裕がある。そんなことはない、年金は少ないし医療費もかかって大変だ、と反発する人もいるかもしれないが、これから数々のものを揃えていかなければならない若者と比較すれば、老人は既に多くのものを所有している。そこが明らかに優位な点である。持っているのは「物」ばかりではない。経験や知識、それから、住む場所、立場、友人関係、などなど。こういったものをゼロから築くことは、ちょっと考えてみただけで大変なことだと想像できるだろう。若者には、その苦労が待っている。老人は、むしろそれらから解放される段階なのだ。

賢明な老人は、これに加えて金銭的な蓄えを持っているはずだ。これから躰が弱って仕事がしにくくなるだろう、という予測が誰にでも簡単にできるはずだから、イソップ物語の蟻《あり》のように、貯金や保険で少しずつ積み立ててきた人も多い。

さて、こうして蓄えたもの（経験、知識、常識、信念）が、実は自分を縛る結果になる、ということを書こうと思っている。少し意地悪な見方になるけれど、我慢して読んでもらいたい。要点を簡単にいえば、自分自身を冷静に見つめる客観の重要さであり、そういうふうに視点を変えて考える柔軟性を持ってほしい、というのが僕の希望である。

◇貴方の内側からの支配

自分自身の思い込みは、知らないうちに自分を縛りつける強力な支配力を持つ。

周囲から襲いかかる支配は、物理的な環境だったり、あるいは規則といったシステムだったり、それとも人間関係だったり、とにかく姿が見えやすく、存在を感じやすい。直観的にも、あれのせいで自分が不自由になっている、と感じられるから、感情的にも反発するエネルギィが生じやすい。「嫌だ」と感じることが、不自由センサが発するサインといえるし、対処のためのエネルギィとなる。とてもわかりやすい。しかし、なかには巧妙に美しい言葉を纏《まと》って近づいてくる支配もあるので気をつけなければならない、ということを既に書いた。これはある意味で、人の思い込みを隠れ蓑《みの》にしている手法でもある。「常識」という名の仮面を被っているものもある。だが、そもそも常識の9割は、個人の思い込みが、社会的にぼんやり映し出されて集積したものだ。それでも、まだそれらは外部からの支配である。何者かが自分の利益のために、他者から搾取をしようとして企んだ結果である。そこまで考えるのは被害妄想ではないか、と思うかもしれない。被害妄想かもしれないと心配になるくらい考えても、僕は損はないと思っている。とにかく、そう考える方が少なくとも安全側なのだ。

さて、しかし本章で主として取り上げる支配は、発信源が違う。もっと個人的な思い込みによる支配である。

それは、外側ではなく、貴方の内側に潜んでいる。不思議な話ではないか。貴方の行動は貴方の脳が考えた結果だ。脳がやりたいと考える。それを内側から邪魔するものって、何だろう。それは誰のせいだ。もちろん、それも脳の仕業である。やりたいと思うのも、できないと思い込んでいるのも、同じ頭脳なのである。

◇思い込みによる敬遠

思い込みには、大別すると二種類あるようだ。一つは、一般にもよく指摘されるものといえる。それは、自分で嫌いだと思い込んでいるものに対する不合理な（あるいは妄信的な）拒否反応だ。子供が嫌いなものを絶対に口にしない、よく観察されるシーンである。「騙されたと思って食べてみなさい」というような説得をした経験がないだろうか。しかし、大失敗に懲りているのか、絶対にそれに近づきたくない、という固い決意が過去に生まれたのである。人間関係でいえば、「絶交」などもこれである。

こういったことは、人間だけでなく、動物にも広く観察される傾向で、本能的な自己防衛の手段なのだろう。一度危険だと認識したものに対しては、二度と近づかないように注意をする。慎重というか用心深いというのか、とにかく馬鹿にできることではない。だが、人間は少なくとも動物よりも賢い。思考力も分析力もはるかに高いレベルのはずである。慎重なのにこしたことはないが、度を超した頑《かたく》なな拒否反応は、必ずしも賢明とはいえないだろう。

どんなものでも変化をする。環境が変わり、自分を取り巻く状況が変わり、そして自分自身も成長して常に変化している。嫌いだと決めつけた対象と自分との関係だって、ずっと変化しないはずはない。だから、あるとき「もう一度試してみようか」という気分になって、実際にやってみたら、「なんだ、べつに悪くないじゃないか」なんてことが少なくない。

嫌いだったものが一転して好きになる場合も多い。この経験は誰にでも必ずあるはずだ。そういうときに、「思い込みで敬遠していて損をしたな」と感じることも多いだろう。

◇レッテル貼りの危険

一度試して駄目だったものなら、まだ一応の根拠があるわけで、しかたがないかもしれない。実は、思い込みの多くは、一度も試されていないものなのである。経験していないのに、レッテルを貼ってしまうのだ。そのときに作用したものとは、単なる誤認だったり、遠目に見た僅《わず》かな観察に基づく勝手な印象だったり、それとも他人からの伝聞や噂の類だったり、あるいは、誰かから指摘されたことだったり、いろいろなケースがある。

世の中には無数の可能性があるわけだから、全部を自分で試すことはできない。だから、自分に入ってくる情報によってさっさとレッテルを貼って整理しないと落ち着かない。そうやって仕分けをして、安全な環境を構築するわけである。鳥が樹の上に作る巣みたいに、これはＯＫだろうというものを集めてきて、それらで周りを囲い、人はその中で生きていこうとする。情報が多すぎるから、とりあえず「嫌いそうなもの」には無関心になるしかないのである。

このように、「決めつける」「思い込む」というのは、情報の整理であり、思考や記憶の容量を節約する意味からいえば合理的な手段かもしれない。

しかし逆にいえば、頭脳の処理能力が低いから、そういった単純化が必要となるのである。動物がこの傾向を示す理由は、人間よりも脳の処理能力が低いためで、これはしかたがない。でも、人間だったら、もう少し柔軟になれるはずだと思う。決めつけず、柔軟に対応する方が明らかに得なのだ。

歳をとるほど思い込みが激しくなるのは、間違いなく頭脳の劣化によるものだろう。一度決めたことを蒸し返して再考したくない。ようするに、「もう考えるのが面倒だ」と感じるようにだんだんなる。

しかし、考えること、行動することは、すなわち生きていることにほかならないわけで、考えることが面倒だ、行動することが面倒だ、などといっていたら、生きていくことが面倒だ、というところへ行き着いてしまう。現にそのとおり、そういう人はどんどん老け込んでいくだろう。死んでいる状態に早く近づこうとしているのだから。

それが悪いといっているのではない。世の中には、早く死にたいと願っている人だっている。本人が強く望んでいるのならば、基本的にすべては自由だ。でも、無意識のことだったら、もったいない話である。気がついた方が良い。

◇インスピレーションを拾う旅

自分はそれには向かない、それは苦手だ、と思っている対象を完全に排除するのは、自分の可能性をそれだけ制限していることになる。それは、いかにも不自由ではないだろうか。

無理に確かめろとはいわない。常に、視野を広くするため、自分の視点から離れ、もっと高い位置から眺め、すべての可能性を自分の将来の選択肢として持っている方が良いのではないか、ということである。

駄目だと思っていたジャンルの中に、実は面白いものが生まれているかもしれない。そういうケースはよくある。「そちらは見ない」と決めず、たまに見回してみることは無駄ではない。

僕は書店で雑誌を沢山購入する。さまざまなジャンルの雑誌を買うことにしている。普段まったく関心のない棚へも見にいって、表紙に書いてあるコピィを読んだりする。インターネットでも、ネットサーフィンという言葉がかつては流行った。リンクを辿っていき、まったく違ったジャンルの情報に触れるアドベンチャは、少々の時間を消費する価値はあると思う。アンテナを張って、面白そうなものをいつも探す姿勢である。

これをさせるのは、「好奇心」だと思う。まだまだ知らない世界がある。そこへ足を踏み入れてみたい。ひょっとしたら、自分が今熱中していることに関連するようなヒントが、まったく別のところで発見できるかもしれない、という予感に誘《さそ》われる。インスピレーションを拾うための旅と呼んでも良いだろう。

まるで、流れ着いたものを眺めながら海岸を歩くような行為である。まさに、自由がなせる技といえる。好奇心は、「自由」の非常に大きな効用の一つだろう。

◇夢より素晴らしい現実は訪れない

僕が大学を受験するとき、一番苦手だった科目は国語である。国語の授業が大嫌いだった。また、本なんてほとんど読まない子供だった。興味のある分野の本だけは図書館でも探して読んだけれど、たとえば、小説などは滅多に読まない。夏休みの宿題で感想文を書くために読まされる課題図書など、苦痛以外のなにものでもなかった。そのせいで、作り話である「小説」に悪い印象を持ったのだ。さらに今思うと、読字障害というのか、すらすらと文字が読めなかった。今でも、もの凄く文字を読むのが遅い（書く速度と読む速度はほぼ同じである）。とにかく、子供のときからずっと国語が大嫌いだったのだ。その次に駄目なのが社会科で、それから英語も不得手だった。まあまあの点が取れるのは、数学と物理だけである。そういうわけで、必然的に理系に進学した。

しかし、それがどうだろう。40歳近くになって、なんとなく小説を一作書いてみたら、それが本になり、たちまち小説家になり、現在の仕事になってしまったのだ。まったくの理系で、大学では実験をしたり、コンピュータの画面でプログラムリストかデータばかり見つめていた人生が、一変してしまった。どうしてこんなことが起こったのか、みんなが不思議がるし、僕自身、こんなこともあるのだな、と素直に感心してしまう。けれど、一つだけいえることがある。僕は、「自分には小説なんて書けない」とは一度も思わなかった。どんなに国語が苦手でも（偏差値は40点以下だったと思う）、書けばそれなりに書けるだろう、と思っていた。だから書いてみたのである。これは、相当な「思い上がり」かもしれない。でも、ちゃんと書けたのだから、自信過剰ではなかったことになる。

どんな場合であっても、人間は自分が思ってもいない方向へはけっして進めない。人に話すときには「いやあ、思ってもみない幸運でしたよ」とか、「こんなふうになるとは予想もしませんでしたね」と謙遜《けんそん》するけれど、それはけっして正確ではない。必ず、良い結果というものを夢見るのが人間なのだ。そして、その人が見た夢よりも素晴らしい現実は絶対に訪れないのである。すべては本人の想定内、といってまちがいない。これはつまり、実現したかったら、少なくとも、そうなることを夢見る、成功する状態を予測することが必要である。自由になりたかったら、自由を夢見ることから始めなくてはいけない。知らないうちに自由になるなんてことはありえないのだ。

◇限界を作っていないか

嫌いなもの、できないものを自分で決めつけて、思い込んで、そのシールドの中から外へ出ていかない、という状態は、個人の生き方でも、また組織のあり方でも、非常に多く観察される平凡なものである。あまりにもよく起こることだから、つい見逃してしまう場合が多い。

しかし、成功した人、目立った業績を収めた組織の話を詳しく聞くと、ほとんどの場合、自身が築いたシールドから出ていき、未踏の地へ進んだことが転機となっているのである。シールドはなんの制約でもなかった。自分や組織内に抵抗があっただけで、誰も外部から妨害していたわけではなかったのだ。

結局、自由を束縛していたのは、「乗り越えられないと信じていた困難」「あると思い込んでいた限界」だった、という例が実に多い。

たとえば、男だから、女だから、自分にはそれはできない、と決めつけていることはないだろうか？　社会常識を自分に強く当てはめている結果である。しかし、現実には、現代の法律は男女平等であり、性別によって規制されていることは少ない。それから、年齢によって「まだ無理だ」「もう遅い」と諦めていることはないだろうか？　「この歳になって、今さらそんな真似はできない」と世間体を気にしていないだろうか？　本当にできないか？　絶対に不可能なものなのか？　考えもしないうちから諦めていないか？

◇歳をとってもチャレンジ

変な例を挙げよう。

５年くらいまえだったか、僕は着せ替え人形が面白いと思って、買い集めたことがある。たまたま見た写真が可愛かった。見ているだけで笑えてきたので、手許《ても》に置いてみたくなった。１体が１万円以上する高価なものだったけれど、その後も沢山入手した。自分のためだけにカスタムして製作してもらったこともある。今では30体くらい持っている。

これについて、最初は奥さんも眉を顰めた。まあ、たしかに常識的には、40代の男がする趣味ではないかもしれない。少なくともそれまではそうだった。しかし、誰かが反対しているわけではないし、考えてみたら、べつに恥ずかしいことでもなんでもない。僕が始めたら、周囲で何人かの男性が、同じ趣味を始めた。これも、立派な「自由」だと思う。

40歳になってから作家になった僕がいうのだからまちがいない。仕事はいつでも変えられるだろう。今の職業に囚われることなく、自由に発想をすれば良い。50歳になってから大学に入学することだって可能だ。受験資格として年齢に上限はない。

最近では、子供に自分の夢を託す親が増えているように思う。子供に習い事をさせたり、塾に通わせたりしている。まあ、悪くはない。しかし、子供にやらせるならば、自分でしたら良いのではないか。あるいは、自分も一緒にやってみたらどうなのか。何故、自分ではなく、子供にさせるのだろう。そのあたりをもう少し考えてほしい。子供の人生は子供のものである。けっして親のものではない。もちろん、援助は必要だけれど、投資すべきなのは、子供ではなくむしろ自分である。30代や40代というのは、まだまだ投資をして、新しいことを取り入れる年齢ではないのか。「親」という「子供育成マシン」に成り下がる必要はないのである。それこそ不自由だ、と僕は思う。

◇楽しい状態を演出する

「嫌だ」という思い込みの支配を乗り越える、馬鹿みたいな方法が一つある。

それは、思い込みを逆手に取って、いうなれば、自分を錯覚させる作戦ともいえる。もちろん、誤魔化しといえば誤魔化しなので、根本的な解決にはならない場合もある。その場凌《しの》ぎの手法かもしれない。けれど、小さな支配に対してならばわりと有効である。

なんであれ、楽しく過ごすことがとても大切だ。回避できない作業や人間関係が目の前にあるときは、それを楽しいことだと認識する。そう思い込むことによって、自由になれる。ほら、笑えるくらい馬鹿馬鹿しい方法では？

嫌なものだ、と思い込まないで、ちょっと考え直してみよう。少しくらい良いところがあるのでは、と考えてみる。どう考えようが貴方の自由なのだ。貴方の認識は、貴方が思うとおりに変更できるはずだ。だから、こうして思考を自由に巡らせば、自分を多少なりとも楽しい状態に演出できる。一言でいえば、「楽観視」である。少しでも良いふうに解釈する。ときには、この程度の簡単な思考で、難関を乗り越えることができるだろう。

愚痴ばかり零していても解決にはならない。良いところは良いと評価し、自分の周囲に、自分にとって好ましいものを寄せ集める。好ましい状態を念頭に置くわけである。これは気分的な問題ではあるけれど、往々にして結果は気分によって左右される。それもまた人間なのである。

もっとも、この自分騙しの方法は、あくまでもその場凌ぎである。近くのことは楽観していても良いけれど、将来については、常に最悪の場合を想定し、それに対する手を打っておくべきだ。充分に準備をして、石垣を一つずつ積み上げる。自分の自由を築くには、慎重な姿勢が基本的に必要である。

◇好きなものによる支配

それでは次に、反対の支配について書こう。これは、自分が「好きだ」と思い込んでいるものによる支配である。「嫌い」による支配よりも、一般にさらに見えにくい。ほとんどの人は気づいていない。

あるとき、なにかをもの凄く好きになると、もう一生それから離れられない、という気持ちになる。「浮気」をしない一途な愛を注ぐ未来を想像する。そのような愛に満ちた姿は美しく語られることが多いので、誰もが憧れているし、素直に自分の中に受け入れるだろう。これがしかし、ときとして度を超えることだってある。「好きなものはずっと好きでなければならない。そうでなければ、本物の愛ではない」という考えが原動力となる。これは、「嫌いなものはずっと嫌いなままだ」の裏返しであり、人間も環境も変化をするという条件から考えれば、やはり普通は成立しない命題である。もちろんありえないとはいえないが、特殊な状況と考えて良いだろう。

方針を変えないことは、最初の指向がいくら革新的でも、いずれは保守的になる。築き上げたものが多くなるほど、「ここでやめたら今までの苦労が水泡に帰す」といった強迫観念が芽生え、不安に苛《さいな》まれるようになる。もちろん、本当にそれが好きなうちはまだ良い。しかし、よくよく振り返ってみると、無理をしてしがみついてきた、ということが珍しくない。もう少し自由に考えてはどうなのか、と傍《はた》から見ていて忠告したくなることもしばしばである。

◇長く続ける工夫

幼い子供を観察していると、つぎつぎに興味を示す対象が変化する。これで遊んでいたかと思えば、もう飽きてしまい、今はそちらに夢中、そろそろあちらへ目を向けている、といった忙しさである。素直な好奇心というのか、それとも、好奇心に素直というのか、本当の「自由」が体現されていると感じられる。

しかし、そんな子供を大人は窘めるのである。「もう違うことをしているの？」「このままえのあれはどうしたの？」「せっかく買ってあげたのに、もう遊ばないの？」「なにをやっても三日坊主だ」「もう少し落ち着いて、じっくりと一つのことに取り組みなさい」どうだろう？　言われたことはないだろうか。

実は、僕がそういう飽きっぽい子供だった。親からも先生からも、いつもそう言われ続けてきた。だから、自分で自分に対して同様のことを言い聞かせるようになった。少しでも長く続けられるように工夫をして自分を導いた。一つのことを最後まで飽きずに成し遂げられると、自分で自分を褒めてやりたくなる。やり遂げたものに対してではなく、飽きなかった自分に対してだ。それくらい、基本的に飽き性なのだ。それは今でも変わっていない。

たいていの場合、新しいことにチャレンジし始めた頃が一番面白い。初めの一歩が最もわくわくするものだ。もちろん、この段階には苦労も危険も多い。失敗も多々あるだろう。

ある程度熟練して、苦労しなくてもできるようになり、技術が向上し、失敗も少なくなり、自分の思うようにできるようになったときには、本当に「自由になったなあ」と感じる。けれども何故か、初心の頃の苦労や失敗が懐かしい、そのときの自分を褒めてやりたい気持ちがずっと残っている。

◇人生設計に照らして判断

どんどん目移りをして、つぎつぎに違うものに手を出していると、一つとして満足に成し遂げられない事態に陥るだろう。日本では昔から「一芸に秀でる」ことが人の理想といわれてきた。これが「道を究める」という意味だ。つまり、好奇心に誘われるまま、自由にきょろきょろしていると、どの道も中途半端になり、奥へと進み入ることができない。こういう状態を、「虻蜂《あぶはち》取らず」とか、「器用貧乏」などと揶揄する。たしかに、そういった面は否定できない。

しかしそれでも、無理に一本の道に拘るのは、自分を縛ることにはかわりない。続けることで得られるものと、別の道へ移ることで得られるものを天秤にかければ良い。そのとき、他者からどう評価されるのかではなく、自分を見つめ、自分の人生における設計として、選択をすべきだろう。あくまでも、最終的には自由なのである。楽しさを求める人生ならば、楽しい方を選べば良い。満足を求める人生ならば、満足できそうな道を進む。人生設計に照らし合わせて判断をすることが一番良いと僕は思う。もちろん、それには、自分の人生について、ある程度の方針がなければならない。難しく考えることはない。方針など、いつ変更しても良い。これもまた、自由なのである。

◇コレクタでない理由

僕は自分の好きなものを手に入れ、自分の周りに飾っておく習性がある。だから、僕の身の回りは、僕が好きなものでいっぱいだ。特に好きなのは、おもちゃの類。大人になっても、おもちゃで遊んでいる。大量のおもちゃで溢《あふ》れているから、僕の部屋を見た人は、部屋がそっくり「おもちゃ箱」だと言う。散らかっているし、収納もしない。箱から出したら箱は捨ててしまい、全部出しっぱなしの状態である。そういう状態が好きなのだ。散らかっているのを眺めていたい。綺麗に収納され、すっかり片づいている部屋に、僕は魅力を感じない。

こんな僕を見て、たいていの人は、僕のことをコレクタだと見なす。「森博嗣のコレクション」という表現で書かれることがたびたびあった。しかし、僕自身は自分をコレクタだとはまったく認識していない。コレクションというのは、あるジャンルというか、なんらかの縛りを設けて、その集合に属するアイテムを集める行為である。僕は、そのときどきで自分の好きなものを買うけれど、「これこれこういった縛りで集めています」という共通項はない。そういう理由で、ものを「集めた」ことがないのである。

自分に欠けているものには憧れる。だから、コレクタの「一途な愛情」というものにも憧れがたしかにあった。だから、「僕もコレクションをしてみたいな」と考えたことは正直にいうとある。若いときには特に何度か挑戦しようとした。しかし、上手くいかない。すぐに無理だと痛感するのだ。どうしてかというと、コレクションを始めると、最初は好きなものが集まるけれど、そのうち、そんなに好きでないものも手に入れなくてはいけなくなる。それを入手しないと、コレクションが完成（コンプリート）しない、コレクションとして不完全になってしまうのだ。好きでもないものを、コレクション完成のために買う、という行為が僕はできなかった。やりたくないことをやらなくてはならないのは、明らかに「支配」である。

コンプリートしたら、たしかに人には自慢できる。みんなが褒めてくれるかもしれない。でも、自分は、自分の好きなものを手に入れるだけだ。それ以上のことをする理由はないではないか。そう気づいてからは、素直に自分が欲しいものだけを求めるようになった。てんでばらばらだから、「これこれを集めている」と表現ができない。けれど、「自分が好きなもの」あるいは「好きだったもの」という共通項では完全に同一ジャンルだから、自分の目で眺めるかぎりは、完全に統一性があり、その調和が美しく感じられる。そう見えるのは僕だけで、ほかの人（たとえば奥さん）には、ごちゃごちゃに散らかっているガラクタにしか見えないらしい。それでも、最近になってようやく、「片づけなさい」と言われなくなった。多少は「自由のコレクション」を理解してもらえるようになったみたいだ。

◇無垢《むく》な感性を持つ

自分の好きなものに支配されている、という状態のデメリットは、それでもまだわかりづらいかもしれない。たとえば、支配されている本人は、それが好きだと感じているのだから、べつに苦しんでいるわけでもなく、損をしているという感覚もない。そのままでも問題はないのではないか、という話になる。そう、普通の人ならば、それで良いかもしれない。だが、そのことで損をすることはたしかにあるのだ。そういう例を、僕は幾つかこれまでに見てきた。

たとえば、クリエータは自由に発想できなければ、良い作品を生み出すことができない。「自分はこれが好きだ」と思い込んでいることで、スケールが小さくなってしまったり、あるいは需要を見誤ったり、どちらにしても客観的な評価眼が曇り、マイナスの結果を招く。実際に、仕事に響くような場合もあるだろう。

一流のクリエータになるほど、いつも自分の刃を研いでいる。切れ味を保持するための努力をしているものだ。自分が築き上げてきたものをいつも疑い、ファンから褒められたものであっても（あるいは褒められたからこそ）、それを壊そうとする。新しいものに挑戦することで、結局は長く支持される。これも、自由な感性の好例といえる。

クリエータでなくても、芸術に接するような仕事をしている人は意外に多い。それを売り込む人、仕事のエレメントとして取り入れる人、評価することが仕事の人、などである。こういう人たちにとって一番大切なことは、良いもの、新しいもの、優れたものを素直に見抜く目である。

そのためには、嫌いなものも好きなものも、あらゆる先入観を捨てて、透明なレンズを通して見ることが重要だ。それは、自分の中に無垢な感性を持つことであり、どんなものに対しても、初めて触れるかのように受け入れる姿勢が求められる。好きだという思い込みでさえ、邪魔になる可能性がある。一言でいえば、「なにものにも拘ってはいけない」ということになる。

◇拘りについて

そもそも、「拘る」というのは悪いイメージの言葉である。それが、この頃では、良い意味に用いられることが多くなった。「やばい」もそうであるが、反対の意味に使うと新鮮だから流行したわけだ。ものごとに拘るのは、つまりなにかに支配されて不自由な状況に陥っている証拠である。

僕は、座右の銘をきかれたときには、「なにものにも拘らない」と答えることにしている。「誰の言葉ですか？」と尋ねられるので、「森博嗣の言葉です」と返す。すると、「なにものにも拘らないようにするには、どうしたら良いですか？」とまた問われる。面倒くさい質問だ。だから、少し意地悪だけれど、こう言うことにしている。「なにものにも拘らないようにすると、なにものにも拘らないという方針に拘っていることになります。だから、なにものにも拘らないためには、ときどきなにかに少し拘る方が良いでしょう」と。まあ、これは笑い話にしておいてほしい。

◇自由を磨く

２００８年の夏に、押井守監督によって「スカイ・クロラ」というアニメ映画が発表された。これは、僕の小説が原作だった。このとき、森博嗣のファンの一部が、小説と映画の不一致を嘆いた。「原作とここが違う」「何故変えたのか」と言う。なかには、「世界観が表現されていない」なんて意見もあった。何のことかな、世界観って……。

まあ、そういう見方もあるだろう。だけど、原作者である森博嗣は、押井守の新作を素晴らしいと感じた。映画を観るときには、原作のことなどまったく頭にない。自分の小説との一致を調べる目的で観るわけではない。そもそも、そんな目的で映画が作られたわけでもない。これは押井守の作品なのである。「世界観」というものがあるとしたら、もちろん、それは押井守の世界観だ。ディテールにまで感性が染み渡った作品で、しかも、これまでの押井作品にない新しさもあった（僕に先入観があった証拠である）。映画を観たあと、「ああ、そういえば、森博嗣が原作だったっけ」と思い出した。原作者としてのコメントといえば、その程度である。映画を観ているときは、映画がすべてだ。そういう見方を僕はする。素直に目の前の作品に接し、自分の感性で評価する。

それでも、過去の押井作品からの影響が「期待」になり、内心少なからず予測をしていたはずだ。観ているうちに忘れてしまうけれど、初めのうちは、そういった考えが過《よぎ》る。没頭できない見方といって良い。このように、経験を重ねることで、どんどんつまらない見方をするようになる。老人の感性になっている証拠といえる。

このまえの作品はどうだったとか、原作を知らない人が観たらどう思うとか、そんなことは作品の評価とは無関係であろう。自分が今、この作品からどう感じるかが、本来の価値である。「原作と違う」的なことを言う人は、森博嗣の作品がもの凄く好きなのだろう。しかし、好き故に、明らかに自分の視野を狭くしている。感性が鈍った老いた状態だと僕は思う。真っ白な心で感じる素直な感性は、努力をしなければ維持できない。このように、自由とは、放っておいて成り立つものではなく、常に磨かなければならないものだ。禅僧が座禅をして求めるものも、これと同じ「無心」という自由である。

◇今の自分に囚われない視点

もちろん、完全な無心になどなれない。人間の記憶は消せないからだ。自分が既に知ってしまったものを忘れて、今取り入れた新しいものだけを感じることは不可能である。けれども、少なくともそうしようと努力すべきだ、ということ。そうしないと、結局は「年寄り」になる。否、みんな、どう足掻《あが》いても年寄りにはなる。不可避なものだ。それでも、抵抗する価値はある。

「生きる」とは、結局は「死」への抵抗である。自然に流されるままであるなら、それは「生きている」とはいえないのではないか。

もう面白いものなどこの世にはない、という頭の固い人間になってしまったら、それは死んでいる感性だ。自由を放棄したら、自然は生きものを単なる物体に戻す。それが死である。

そんな努力は無理だと思われるかもしれないが、子供の心、若い頃の自分を思い出してみよう。生きていく活力があった。感じるだけで何故か嬉しかった。死など無縁だと信じていた。そんな気持ちを誰もが持っていたのである。戻れないけれど、思い出すことはできる。その若い気持ちになって、何事にも接してみよう。慣れればどうということはない。

人間は少なくとも自分の感情くらいはコントロールできるものである。わかりやすい言葉でいうと、「〜のつもりになって考える」「〜のつもりになって感じる」という具合だ。このような習慣を身につけると、自然に今の自分に囚われない客観的な視点を持つようになる。これこそが、創作的な仕事には最も強力な武器となる。「研ぎ澄まされた刃」の意味である。

また、普段の生活においても、相手の気持ちを察することが無意識のうちにできるようになる。自分が話しているときでさえ、相手はどう聞いているかを自然に思い描いている。

人の心理が見えるようになるのだ。「そんなのは単なる想像ではないか」と思う人もいるだろう。そう、そのとおり、すべては想像である。そして、この想像こそが人間の能力の基本であり、あらゆる活動の基礎になるものだ。想像ができなくなったら、もう人間ではないといっても良い。

生きていることも、そして自由も、すべて想像の産物である。

◇頭脳を自由にさせる

つまりは、自由に想像することの大切さを強調したい、というのが本書の結論である。この場合の「自由な想像」とは、「自分の経験に囚われない自在な想像」の意味だ。僕はよく夢を見るけれど、まったく現実とはかけ離れた、まるで映画のような夢が多い。そういう夢ばかりである。毎日の生活や、日頃会っている周囲の人々が出てくるような夢は少ない。夢の中にだけに登場する架空の「知り合い」もいるくらいだ。

人間の想像力の凄さを、貴方は体感したことがあるだろうか？　夢を見るごとに、僕は感心する。「よくこんなこと考えたなあ」と。いったい誰が考えているのだ？　そう、すべて自分の頭脳から生じている情報なのである。

同じ問題を何時間も、何日もずっと考え続けるようなことは、普通の生活をする人にはまずありえない。しかし、ときどき、1時間くらいなら、そんな状態になることはあるだろう。旅行をして初めての土地へ行ったときとか、気持ちがリセットされたときに起こるようだ。

僕は、毎日ひたすら考え続けることを仕事にしてきた。そういう習慣だから、自然に想像に没頭できるようになったのだと思う。これは能力の問題ではなく、習慣によるものだと僕は考えている。

本当に人間の想像力は素晴らしい。頭脳を「自由にさせる」だけで、想像は始まる。頭を自由に働かせることが、どれほど大切で、どれほど人を豊かにするか、考えてほしい。そして、その結果、いかに社会に貢献できるか、それも想像してほしい。

◇自由なフォーマット

もう一度、話を戻すまえに書いておこう。文章を書くときには、理路整然とした論文のように記述していくのが、普通のフォーマットである。僕は１０００編に近い数の学術論文を仕事で書いてきた。だから、このフォーマットが既に躰に染みついている。

ところが、頭脳から流れ出る発想は、まったく理路整然とはしていない。関係のないものを突然思いついたり、理由から結論へはるかにジャンプしていたり（しかも、きちんと辿ってみると、理論的につながっていたり）、本当に人間の思考というものは自由だな、と感じる。

なにしろ、キーボード上で指を動かすことで画面に現れる文章は一つだ。文字は一列に並んでいる。でも、思考は一つではない。一列ではなく、複数のものが並列して、同時進行しているのである。そんな具合だから、考えていることを文章に書き留める作業は、元来無理なことであり、本当に難しい。

これは話す行為でも同じことがいえるだろう。書いたり、話したりしながら考えると、思考が論理的になる利点はあるけれど、逆にそれは、思考が一列になっただけで、明らかにパワーダウンしていることに注意した方が良い。思考が、伝達手段に制約され、不自由になっている証拠といえる。ある程度はしかたがないけれど、自覚しておいた方が良い。

順序立てて、きちんとしたフォーマットで論理的に説明をすることも大切だけれど、この本は「自由」について書いているのだから、少しでも、この自由さを味わってもらいたい、と考えた。

整然と並べることで、一列にすることで、失われる情報がある。それが「もったいないな」と論文などを書いているときによく感じる。人と話をしているときに、ふと思いついたことを突然話したら、相手は「何の話？」と不思議に思い、僕のことを「人の話を聞かない人間だ」と不快に感じるだろう。事実、僕はそういうふうに若いときからよく言われてきた。

だけど、自由なフォーマットでしか伝わらないものだってある。理路整然と並べられない思考だって現に存在するのだ。相手の話を聞いていないわけではない。話が飛んでも、元の話を忘れたわけではない。ただ、どんどんテーマが広がり、展開しているだけなのである。

なってしまう。だから話を戻そう。

◇映画「スカイ・クロラ」

押井守監督の映画「スカイ・クロラ」は、押井作品としても最高傑作だと僕は感じた。押井守はやはり一流のクリエータである。従来の自分の枠に囚われることなく、ファンから評価されて固まりつつあるシールドに収まることなく、文字どおり卵の殻を割るようにして、さらに大きく、外へ向かって広がろうとしている。天才的創作者がいかに自由であるか、というお手本といえる。そして、ファンはその自由さに魅了されると同時に、ときにはついていけなくなるだろう。一度囚われると、人間はそこで立ち止まってしまうから、創作者に比べれば、それを受け取る側の人々は保守的になるし、どうしても「昔の作品の方が良かった」と感じるようになる場合がある。そういう懐古的ファンがいること自体が、創作者が前進し続け、大きくなっている証拠でもある。

アニメにどっぷり浸《つ》かったファンには、過去の押井作品の「型」のようなものが強いイメージとして出来上がっている。難しくて長い台詞が出てきたり、あるいは、熟練した声優を起用する、といった手法的な「型」である。このように、「型」というのは、形が見た目にわかりやすく、記号として伝達も容易だ。芸術に限らず、武道でも茶道でも、あらゆる人間の業は、見るものにとっては「型」なのである。

だが、けっしてそれが本質ではない。型に価値があるのではなく、そこに込められた「心」がコンテンツだ。初心者は、とりあえず型を真似て、自分で自分の心を捉えるしかない。それが「道」なのである。表に出ていて見えやすく、人に話すときに言葉になりやすい「型」にばかり囚われていると、前進はできないし、「心」を掴むこともできない。「型」に拘わると、伝統は形骸化して廃れていくことになるだろう。

「スカイ・クロラ」で、押井監督は、声優ではない一般の役者を起用した。これは映画の設定にも合致していたし、少なくとも僕は、素晴らしく良かったと感じた。というのも、最近、アニメの声がどうも歌舞伎の台詞みたいにわざとらしく、自然に耳に入らなくなっていたからだ。アニメも伝統芸能になったのか、と感じていたところだった。しかし、アニメファンの中には、その伝統の「型」に拘わる人が多い。「押井作品は声優起用だから良い」と短絡的に決めつけている人には、この作品の新しさ、押井守の自由さが見えなかったかもしれない。自分の好きなものに支配されていると感性が曇る危険性がある、というのはこういうことである（ようやく、話が戻った）。

◇小説「トーマの心臓」

一年後になる2009年の夏には、今度は僕が、原作のある作品を発表することになった。漫画家の萩尾望都先生の名作「トーマの心臓」を小説化したのだ。僕はもともと、萩尾先生の熱狂的なファンなので、この作品が書けること自体が幸せだった。そして、目標はただ一つ、萩尾先生に読んでもらうこと。もし、先生に認めてもらえれば、もうそれで充分である。ファンレターを出して、その返事がもらえる、くらいの感覚かもしれない。

もちろん、ビジネスとしての側面が（僕にとっても、萩尾先生にとっても）あるわけで、この作品は出版された。読者が支払った金額の一部が、僕と萩尾先生に印税として届く。そういう仕事であるから、さきに書いた第一目標に続く第二目標として、商品としての価値を意識はした（普通はこちらが第一である）。発行するとき、編集部が伝えてきた初版部数に対し、僕は「そんなに売れませんよ」と言ったのだが、予想外に好調な売れ行きで、発行から一週間もしないうちに重版が決定し、その後も版を重ねている。ファンからも沢山のメールをいただき、それはとても嬉しかった(自分の本よりずっと)。

もちろん、「スカイ・クロラ」のときと同じように、原作を崇めるファンは存在する。今度は逆の立場になったので、とても興味深い経験ができた。原作を愛して愛して愛し抜いている人たちは、「イメージを壊さないでほしい」と訴える。その気持ちはよくわかる。なにしろ、僕は萩尾作品を愛して愛して愛し抜いている一人だからだ。したがって、原作を超えるものが森博嗣ごときに書けるなんて、これっぽっちも考えていないし、どんなふうに書いても原作のすべてを再現することは不可能だと思っていた。それでも、この仕事を最終的に引き受けた理由は、僕にその「自由」があったからだ。

たとえば、僕以外の人が、「トーマの心臓」を小説にしたら、きっと僕は羨《うらや》ましく感じただろう。嫉妬《しっと》に近い感情が湧いたかもしれない。けれど、それでも、僕はそれを読んだにちがいない。その自由が僕にはある。また、それを受け入れる自由もある。だとしたらそれ以前に、僕が書く自由があるはずだ、と考えた。萩尾先生に読んでもらい、許可さえ得られれば、ほかに障害はない。僕は、萩尾作品には支配されている（明らかに嬉しい支配だ）けれど、それ以外の支配はない。あるとしたら、僕自身による支配。好きな故に、「してはいけない」「とうていできない」という思い込みだ。だから、書いたことで、僕はとても大きな自由を感じることができた。書いて本当に良かったと思った。

自分の好きなことによる支配が、実にやっかいであることが、ご理解いただけただろうか。

◇すすんで年寄りにならない

自分はそれが好きだ。好きだった。けれど、これからもずっと死ぬまで好きでいなくてはいけないわけではないし、また、ずっと好きであっても、その「好きさ」によって、それ以外のものを「食わず嫌い」で切り捨ててはいけない。

もともと、「好き」以外のものはすべて「嫌い」である、という論理は成り立たない。いつも、どんなものに対しても、先入観を排除して、自由に接すること、素直に感じることが大切である。

人間は、拘れば拘るほどスケールが小さくなる。視野が狭くなる。そうやって、自分というものを決めつけてしまわないことだ。

若い人にときどき見られる傾向として、「俺、それ駄目」「私、それだけは許せない」というような「嫌悪の主張」がある。もともと子供ほど好奇心があって、いろいろな対象に目を向ける素直な感性を持っているはずなのに、何故、若者はこういう言動をとりやすいのだろうか？　僕が思いついたのは、「若者は、年寄りの真似をすることで、早く大人になろう、大人として認めてもらおうとしている」という理屈である。年寄りほど、難しい顔で「つまらないからやめておきなさい」と言いたがる。子供から見ると、大人というのは、「それは駄目」「それは危ない」という否定指向のシンボルなのだ。だから、若者は自分にとって危険なものを早く見極め、それができたと主張することで、「豊かな経験」的なものをアピールしようとしている。自分も一人前の大人であることを無意識に主張している姿なのだ。

そんなに自分からすすんで年寄りになることはないではないか、と僕は思う。若さが本来持っている自由をもっと大切にしてほしい。どうせ歳をとれば、いろいろなしがらみで不自由になるのだから。

◇自由という武器

さて、自分のことをもう少しだけ書いておこう。本当はあとがきで書こうと思った内容だが、あとがきだけを立ち読みする人がいるらしいから、それだとちょっと目立ってしまい、恥ずかしいので、ここに埋もれさせておこう。

最近の僕はといえば、小説で充分にお金を儲けてしまったので、家族を養うことや、自分の好きなことを実行していくうえで、物理的な障害は限りなく取り除かれた。資産ができたからといって、贅沢《ぜいたく》な暮らしには全然関心がない。幸い、僕の奥さんも同じだ。そういった「金さえあればあれもこれも」みたいな支配を僕は受けてこなかった。だから、相変わらず自分が好きなことだけを自由にやっている。

そもそも、そのために小説を書いた。仕事として（稼ぐために）書いたのだから、自分から書きたいというものは本来なかった。したがって、需要のある作品を最初から目指した。こうすれば読者は喜ぶだろう、こうすれば広く読まれるだろう、という製品をデザインした。もう一生涯の生活に必要な資金は得られたので、最近の作品ほど、需要に応えたものではなく、僕の趣味で書いている、といっても良い。

もう少し説明するならば、広い読者層を想定した作品を書く必要がなくなったから、本来の自分の指向で創作ができる割合が増えた。これは明らかに、作家として自由を獲得したわけである。つまり、「売れなければならない」「大勢の読者に気に入ってもらうことが第一目標」という作品ではなく、「読みたい人がいれば良いな」「待っている人が少しでもいるなら書こう」という気持ちになった。

たしかに、「森博嗣は初期の作品が面白い」と評されることは多い。それは、そういう面白さを、初期には狙《ねら》って書いていたからだ。悪い言葉でいえば、それに乗せられた人が多かったのだろう。騙された、と表現してもまちがいではない。手品だって騙されるのだし、エンタテインメントとは、乗せられてなんぼ、のものである。

だいたい森博嗣は、小説を書き始めたときに既に40歳に近い年齢の国家公務員だった。食うために小説を書いたわけでもなければ、若い頃からずっと小説家志望で、書き続けてきた芸術家肌の文学人でもなかった。なにしろ、それまで趣味でも小説を書いたことなどなかったのだ。文学青年だった経歴は一切ない。普通の小説家志望の人に比べると、最初からその「自由」があったといえる。

この自由が、僕には最大の武器だった。一発当てようなんて毛頭考えなかった。そんなに大当たりを狙う必要はない。それよりも、今までにないものを書けば、そこそこ需要があると考えた。ビジネスチャンスとして、手堅い方法を選択したのである。既に書いた「狭き門」の発想だ。世の中にあるものが、あまりに型どおりで、読者の期待に応えるものばかりだったので、僕は、読者の期待を外すことに主眼を置いた。マイナな発想ではあるけれど、森博嗣がこの業界に食い込めた理由は、これ以外にないだろう。

◇期待を外せ

期待を外すことは、いうなれば自由を体感させることだ、と僕は考えている。期待を外されたとき、多くの人は、「なんだ、これは……。期待外れだった」と否定するかもしれない。けれど、一部の人は、「あ、こういうものもありなのか」と素直に驚いてくれる。自分が受けていた無意識の支配からの解放が、一瞬だけ、ふわっとした無重力感を体感させる。人によってはそれが「肩すかし」になり、また別の人には「目から鱗」になる。その人の感性がどれだけ自由を受け入れる間口を持っているか、によって、この違いが生まれるだろう。基本的に、自由を感じる人とは、自由を感じたい人であり、自由を感じない人は、自由を恐れている人だ。

実は、お笑いのネタも、この「期待外し」とまったく同じメカニズムである。落語のオチもまさにこれである。ギャグというのは、本来どうしようもなく「期待外れ」のものだ。期待しているものと、それを外して飛び出したもの、そのギャップが受け手に解放感を与え、笑いが起こる。型を破ることによって、新しい笑いが生まれてくる。それを「つまらない」と眉を顰めるのは、たぶん年寄りたちである。自由な人間ほど笑う。感性に、それを受け入れる余裕があるから、笑えるのだ。

作家としてある程度活動を続けていればファンがつく。ファンの声を沢山聞くことは大切だけれど、それに支配されてはいけない。なにしろ、一億人のファンがいるわけではない。まだまだ作品を知らない人の方が沢山いるのだから、新しい人との出会いを目指して、いつも開拓精神を持ち、自由な気持ちを忘れずにいたいものである。

創作の「創」の文字には、既にあるものを傷つけ、壊す、という意味もある。壊してこそ、新しく作ることができる。その自由さが、創作の基本である。

◇自由の獲得方法

映画から小説へと、少々話が一般的とはいえない方向へ行ってしまった。このあたりで、もう少し普通の話、身の回りのことについて書こう。誰でもができる「自由の獲得方法」みたいなものだ。もちろん、具体的かつ簡単なノウハウはない、と既に書いた。人それぞれ、道は違うからだ。ただ、ヒントになることは書ける。どうしても抽象的にならざるをえないが、各自が自分の条件に当てはめて応用してもらいたい。

◇少しずつ前進

まず、僕の経験からいえる一番基本的なことを……。自由を得るためには、毎日少しずつでも良いから前進をする作戦が最も有効だと思う。どんな山でも、一歩一歩登っていけば、いつかは頂上に辿り着ける。目標は見えているのだから、休まずそこを目指す。今日できることをする。なにかできることはないか、といつも探す。そして、無理をせず、時間をかけて少しずつ進む。そうすることが、一番楽なのである。

僕は若いとき、一気に集中してものごとを片づける人間だった。しかし、あるとき、それでは結局のところ肉体的限界を超えることができない、と感じた。これから歳を重ねればさらに体力的には衰えてくる。もっと素晴らしいこと、今まで以上のことを実現するには、二つの方法しかない。それは時間をかけてじっくりと進むか、あるいは他者の援助を得て複数の労力で進むか、のいずれかだ。そして、僕は前者を選択した。たまたま僕の仕事はそれが可能な分野だったからだ。社会の一般的な仕事に比べると時間制限がそれほどタイトではないのが研究という仕事である。しかし、多くの仕事の場合はそうではない。社会の中に組み込まれている作業は、初めから大勢に分割されたものだ。そうなると、スケジュールを決めて、他者と歩調を合わせる必要が生じる。こういった分野では、個人の能力を超えようと思えば、複数で力を合わせるしかない。これは、より大きな自由を摑むために受ける小さな支配、といえるだろう。

しかし、自分の身の回りのこと、自分の人生の構築に関しては、やはり自分一人だけがスタッフである。自分が怠ければ進まない。休んでいる間に好転することもない。今日やらなければ、明日はもっと辛くなる。今遊んでいると、将来必ず不自由になる。それくらいの計算は人間ならばできるはずだ（動物でも少しはできる）。自分で決めたノルマに支配されることが、より大きな自由のためには不可欠となる。他者によって支配されるよりは、ずっとましだし、それに楽しいはずだ。一歩一歩、無理にならない範囲で、しかし、確実に少しずつ前進をするのである。

◇諦めなければ挫折《ざせつ》は訪れない

僕は、よく「本当に願っていれば、どんな夢でも叶う」と口にする。そんな綺麗事を、と眉を顰める人は多いと思うけれど、この言葉の真意は、少なくとも「願わない夢は叶わない」ということだ。たいていの場合、夢の実現が困難になって、いわゆる「挫折」を味わうのは、「もう駄目だ」と本人が諦めた瞬間である。本人が諦めなければ、限りなく不可能に近い夢であっても、挫折は訪れない。細いながらも道はまだつながっている状態といえる。

もっとも、ただ願うだけでは駄目だ。「欲しいな」と口にすることが「本当に願う」の意味ではない。本当に欲しいならば、どうすればそれが手に入るのか、を自然に考えるだろう。すると、いろいろな方法が思い浮かび、何が障害なのか、どんな困難があるのか、たとえば、どういった選択を強いられているのか、犠牲になるものは何か、手始めに攻略すべきところはどのあたりか、といった思考を巡らす。

こういったことを毎日考えていれば、必ず前進があり、いずれは夢が叶う。自分でも多少無理かな、と心配していたものでも、予想外のチャンスが訪れる。そのチャンスを逃さないためには、常に目標を追い求めていなければならない。どこを見張っていれば良いか、と作戦を立てて待ちかまえているからこそ、チャンスはやってくる。常に目を凝らしていたからこそ、そのチャンスを見逃さずにすむのである。

◇妥協も迂回《うかい》も撤退ではない

挫折を恐れず、絶対に諦めるな、といっているのではない。早く諦めて、進路を修正する方が良い場合はある。最初に掲げた目標がどうも実現不可能だとわかったときには、よくよく考えたうえで修正をする。これも選択できる道の一つである。本質は何であり、その本質のために切り捨てられるものは何か、という思考になるだろう。

「妥協」といえば言葉は悪いが、少なくとも「撤退」ではない。実現することが大切だと考えれば、「迂回」も戦略として取り入れるべきだ。このときも、「目標」という過去の自分の決心に囚われる必要はない。自分は常に自由であり、人から「ぶれている」「優柔不断だ」などと言われることなど（多くの場合、単なる想像でしかないし）気にする必要はない。むしろ、そういう他者の評価に左右され、目標に到達できないまま立往生することが、ぶれているし、優柔不断である。

支配は、ある意味で楽な状況である。楽しい状況にもなりうる。人間の習性として、そういうものがある、と既に書いた。これを逆に利用して、自分で立てた計画に支配されると、日々そのとおりにノルマをこなしていくことが、わりと苦痛でなくなる。あるとき気づくと「お、こんなに進んだか」と嬉しくなることだってある。進むこと自体が楽しく感じるのだ。怠け者の自分にも、こんなことができたのだ、と嬉しくなるのかもしれない。

人間は本来怠け者であり、また力が弱いし、持続することが苦手、という欠点を持っている。そんな人間が偉業を成し遂げられるのは、すべて、小さな前進、小刻みな努力を積み上げた結果である。先を見越した優れた計画が不可欠であるし、なによりも、それを実行しようという決心、やり始める最初の一歩に勇気がいる。しかし、そのあとに続く「日々のノルマ」は、そんなに大したことではない。これを「苦労」として強調することが多いようだけれど、これくらいは誰でもできる。日々この苦労をしているのが普通の「仕事」と呼ばれるものだ。個人でも「楽にできる」ように、大きな目標を細かく分割したものが、数々の「職種」であり仕事の「役柄」なのである。

与えられたノルマは、どうも有難味がない。だから、仕事や労働は普通の感覚からすれば楽しくはない。しかし、目的が見えていて、自分自身で計画をしたノルマは、一歩一歩の前進の手応えが嬉しい。この感覚は、やってみると必ず体感できるもので、これだけでも充分楽しい。たとえ目標が達成されなくても日々の充実感は得られるし、これ自体がもう「自由」なのではないかと思えるほどである。

◇自分を騙す

学生の頃、僕は試験の前日に一夜漬けの勉強をした。勉強が大嫌いだったから、普段は宿題以外にはまったくといって良いほど勉強をしなかった。試験になるとさすがに良い点を取ろうと考えたようだ。試験に支配されている状態である。嫌々勉強をすることになるけれど、明日までの時間は限られているから、その中でできることをやるしかない。まず、何時までにどこを覚えよう、教科書のどこまでを読もう、というようにスケジュールを立て、片づけるごとにチェックをしながら進める。すると、「これで2割できた」「ここで3分の1か」というように、目標までの距離がだんだん近づいてくる。そういう具合にして自分をコントロールしていくのだ。このやり方も、「支配される方が楽だ」という発想に基づいている。余計なことを考えないで、ときには自分を機械のように働かせる。終わったときには、なんとなく解放された気分になって、悪くない。

このようにして、ノルマを一度決めてしまうと、スケジュールよりも早くノルマを達成できたときに、ちょっとした「ゆとり」を感じる。その余裕が、貯金のように思えてくる。

そうなれば、ノルマによる支配も苦痛ではなくなるだろう。ということを計算し、あらかじめ自分が無理なく達成できるノルマを設定すべきである。自分を無理に働かせてはいけない。余裕を持たせ、ちょっとした喜びが得られるように仕向ける。まさに、騙し騙し自分を鼓舞するような手法である。

騙すといえば、自分を騙すことも、ときには良いテクニックとなる。騙すというと聞こえが悪いけれど、ようは「思い込む」あるいは「認識し直す」というような感覚である。「下限を上限にする」というテクニックを、僕はよく自分に対して使う。これは、自分で立てたスケジュールでも良い、なにかの目標数値を、最低限実現しなければならない「下限」ではなく、ここまでしかやってはいけない「上限」だと思い込むのだ。ご理解いただけるだろうか？

たとえば、「毎日一万文字を書く」というノルマを決めたとする。一万文字という制限は、それをクリアしなければならない「下限」の意味だ。しかし、これを僕は「上限」だと思い込むのである。「一万文字以上書いてはいけない」という意味だと無理に捉えるのだ。こういう気持ちで臨むと、ある日は、一万文字を超えたところで、「ああ、ここで止めなければ」と思う。無理をしないで、仕事を打ち切ることができるから、肉体的疲労を防げる。長期的に見て、これは非常に有利なのだ。また、もの凄く調子の良いときには、一万文字を超えて、少しルールを破ってしまうことがある。「ルール違反だけれど、まあ、これくらい大目に見てもらい、自由にさせてもらおう」という気持ちになる。ちょっと悪いことをした気分ではあるけれど、その自由さが心地良い。こうして一万文字以上を書いたときでも、自分勝手にしたことだから、次の日に怠けるわけにはいかない。結果的に、自分が立てた目標よりも絶対に早めに仕事が終わってしまう。

僕の仕事を待っている人にも、僕は自分の計画を事前に伝えておく。そして、必ず締切りよりもまえに、完成原稿を送ることになる。几帳面《きちょうめん》にノルマをこなすように見えるかもしれないが、自分としては、ルールを破って勝手なことをした感覚なのだ。

◇攻めることが自由

自分が立てた目標だけでなく、社会にはいろいろな基準がある。それらに挑むときには、それを下限だと考えず、上限だと見なし、「これ以上のことをしてはいけないのか?」と疑ってみる。そうすることで、自分の中で自由な気持ちが生まれるように僕は思うのだ。
もう少し別の言葉にすると、守ることよりも攻めることが自由なのである。守りに入ると不自由だ。守らなければならないものが既に存在していて、それに支配されている状態に陥る。攻めるといっても、相手が指定されていると不自由だ。しかし、この場合の「攻める」とは、未開のものへ挑戦する姿勢のことで、どちらへ進んでも良い。３６０度視界は開けている。

抽象的なことをあれこれ思いつくまま、自由に書いてきたけれど、なにか伝わるものがあっただろうか。多分に、読み手に期待をしている文章だったと思う。しかし、それもまた、自由というものの基本的な難しさを示している。積極的に手を伸ばさなければ、自由には届かない。手許に落ちてくるものでもない。

具体的なものに拘ってはいけない。見つめるべきは、自分の立ち位置であり、自分の周辺の環境である。

すべての道は、貴方の足許から始まる。
すべての風は、貴方に向かって吹いている。
どちらを向いて、いつ踏み出すのかは、貴方が決めることだ。

あとがき

本書では、過去に僕が話してきたこと、書いてきたことを、「自由」というキーワードで再構築してみた。森博嗣が初めてという人には、多少の違和感と新しさがあるだろう。森博嗣をよく知っている人には、多少のマンネリと補強、あるいは整理がもたらされるだろう。そうなると良いな、という希望的観測である。

この本を書こうと思ったきっかけの一つは、僕の「自由」という言葉に対する、よしもとばななさんの反応だったことは、「まえがき」に書いた。実はもう一つあった。それは、僕の奥さん、ささきすばるさんの言動である。

彼女は、ときどき無茶を言う。そのつど、僕は驚くし、「そんな勝手な」と感じてしまう。だから、その場では否定することが多い。しかし、自室に戻ってよくよく考えてみると、「そうか、そういう考えもあるな」と思い直す場合もある。そういうことがままあるので、馬鹿にならないな、と正直感じている。彼女はきっと、そのときどきの思いつきで、あとさきのことを考えず、社会情勢や常識に関係なく、なにものにも囚われず、自由に発想し、自由にものを言っているのだろう。僕は仕事をしていることもあって、彼女よりも社会や常識に支配されているから抵抗を感じるけれど、結局は、彼女の自由さに勇気づけられるのである。

僕よりも少し若いけれど、すばるさんももう50歳になった。つい最近、彼女はドラムセットを購入して、ビデオを見ながら練習をしている。楽器なんかやったことは一度もないのだ。「なんとなく、できそうな気がした」らしいが、全然駄目である。しかし、それをしようと決意した自由さは、実に見上げたものだ。こういったことを、50歳になった家庭の主婦ができるだろうか?

また、つい先月は、遠く数百キロも離れた土地へ引越をしよう、と言いだした。青天の霹靂《へきれき》である。でも実は、10年ほどまえまで、僕が彼女に提案していたことだった。そのときには、彼女はまったく関心がなく、そんなところに住むのは絶対に嫌だと否定したのである。僕ももうこの歳になったのだから、新しい土地で慣れない生活をするなんて冒険は諦めかけていた。今の土地には何年もかけて作り上げたものもある。それらが全部無駄になってしまうではないか。お金だってかかる。半端な金額ではない。

それでも、僕たちは2週間後に、そこへ土地を探しにいった。日帰りで行ける場所ではない。犬も連れての大旅行である。そして、沢山の物件を見て回り、即日で購入する候補地を決めてきた。帰ってきてからは、その土地に建てる家のことで毎晩侃々諤々《かんかんがくがく》の議論である。

僕はこれまでにも、趣味の本を何冊も出版した。それらを読んでくれた人からの感想メールで多いのは、「こんなことをしても良いのだ、ということがわかって、なんだか嬉しくなった」というものである。たぶん、「自分勝手に生きてはいけない」という暗黙の支配を受けている人が多いのだろう。べつに僕は、まだ自分が充分に自由だとは認識していない。なんとかもっと自由にならないものか、と日々悶々と悩んでいる最中。しかし、こういうメールをいただくと、「そうか、こんな中途半端な状態でも、人によっては良いふうに解釈をしてくれる」「もしかして、少しは役に立ったのかな」とちょっと安心できる。というか、自分で自由になりたいと望んでいる人は、そもそもが積極的だし、自分の生き方に活用できるものを普段から探しているのだ。だったら、少し時間を使って、こうして駄文を重ねるのも、まんざら無駄というわけでもなく、そう……、人間というのは素晴らしいではないか、などと楽観的に微笑むことだって、できなくはない、たぶん……。

歳をとるほど、「落ち着きたい」という欲求は強くなる。考えること、行動することが面倒になるから、ゆったりのんびりとしていたい、と安定を求める。しかし、それは客観的に見ればやはり「年齢」に支配されている状況といわざるをえない。

支配というのは、一旦それに気づけば、案外簡単に排除することができる。肉体的なこと、常識的なこと、平均的なことに、人は無意識のうちに染まっていく。そういうものに染まると、どんどん灰色になって背景に溶け込んでいくだろう。目立たなくなるから、敵に襲われる心配はないかもしれない。しかし、生きていることは、そもそも「目立つ」ことなのである。安定しているといえば、死んだ人間が最も安定している。生きていること自体が不安定であり、その不安定さこそ、生きている証《あかし》といっても良い。そして、「自由」も「生きる」とほとんど同じくらい不安定である。せめて生きているうちは、自由でありたいものだ。

最後にもの凄い蛇足を用意した。細かいことを一つだけ書いておこう。時間の使い方のテクニックとして、スケジュールを立てて少しずつ進む手法を書いたが、こういったスケジュール重視の人間だと世間に思わせておくと、意外に便利なことがある。つまり、余計な飛び込みの仕事を排除できるのだ。たとえば、「森博嗣は締切が3カ月以内の仕事は一切お受けしておりません」といえる。想定外の忙しさほど、個人の自由を奪うものはない。大いに気をつけよう。

本書では、集英社の鯉沼広行氏のお世話になった。『臨機応答・変問自在』以来なので久しぶりである。本文中の小見出しは、すべて彼がつけてくれたもので、大変適切だったと思う。彼は、原稿を読んでくれたあと、第2章だけがボリュームが小さいから書き足してはどうか、という意見をくれた。実は僕もそれに気づいていて、あとから思いついたことを幾つか、どこへ挿入しようかな、と考えた。しかし、そこで思い直したのである、「これこそ、コンプリートを目指すコレクタではないか」と。最初に書き上げたことが、そのときに発想したすべてである。あとから思いついたことを足すと、もう自分の意見として一貫性に欠けるように感じるし、そういう違和感が、優れた読み手には見抜かれることを僕は何度か経験している。フォーマットとしての調和に縛られることよりも、やはりここは本書のテーマである「自由」を尊重し、自然に書いたそのままにすることにした。あとから思いついたことは、本書を書き上げたことで変化をした僕の発想である。しばらく熟成したのち、別の機会の著作に活かされるだろう。

こんな例からもわかるように、自由でいるためには、油断をしていてはいけない。いつも、何が自由なのか、と意識していることが大切だ。それはまるで、海に潜って綺麗な光景を眺めるときに似ている。「ああ、綺麗だな」と思い、上下左右どこへでも行ける、どちらへも向ける自由を感じるけれど、手足を止めてしまうと、あっという間に浮かんでしまい、海上へ引き戻される。あの、踠《もが》いているときこそが、つまり自由という瞬間なのだ。

毎日が終わって、ベッドで少し読書をしてから、僕はライトを消す。そのとき、明日も楽しいことが待っているぞ、と思えること、それが幸せだと思う。ときどきは嫌なこともあるし、どうしても回避できない障害だってある。けれど、その向こうに楽しみが待っているから生きていけるのだ。

自由を目指して生きる理由は、それがとんでもなく楽しいからである。

目次・章扉デザイン／木村典子（Balcony）

森 博嗣（もりひろし）

一九五七年生まれ。作家。工学博士。某国立大学工学部建築学科で研究をする傍ら、一九九六年に『すべてがFになる』で第一回メフィスト賞を受賞し、作家デビュー。以後、次々と作品を発表し、人気作家としての不動の地位を築く。「スカイ・クロラ」シリーズ、S&Mシリーズ、Gシリーズをはじめ、『臨機応答・変問自在』『墜ちていく僕たち』『ゾラ・一撃・さようなら』『工作少年の日々』など、著書多数。

自《じ》由《ゆう》をつくる 自《じ》在《ざい》に生《い》きる

集英社新書〇五二〇C

二〇〇九年一一月二二日 第一刷発行
二〇〇九年一二月一五日 第二刷発行

著者……森《もり》 博《ひろ》嗣《し》
発行者……館 孝太郎
発行所……株式会社集英社
東京都千代田区一ツ橋二-五-一〇 郵便番号一〇一-八〇五〇
電話 〇三-三二三〇-六三九一(編集部)
〇三-三二三〇-六三九三(販売部)
〇三-三二三〇-六〇八〇(読者係)

装幀……原 研哉
印刷所……凸版印刷株式会社
製本所……加藤製本株式会社

定価はカバーに表示してあります。

© MORI Hiroshi 2009

造本には十分注意しておりますが、乱丁・落丁（本のページ順序の間違いや抜け落ち）の場合はお取り替え致します。購入された書店名を明記して小社読者係宛にお送り下さい。送料は小社負担でお取り替え致します。但し、古書店で購入したものについてはお取り替え出来ません。なお、本書の一部あるいは全部を無断で複写複製することは、法律で認められた場合を除き、著作権の侵害となります。

ISBN 978-4-08-720520-6 C0236

Printed in Japan

a pilot of wisdom

集英社新書　好評既刊

日本の女帝の物語
橋本 治　0506-B

飛鳥奈良時代。女性の権力者を生むことのできた「天皇家だけの特別」とは何かを考える歴史のミステリー。

熱帯の夢〈オールカラー〉
茂木健一郎　写真＝中野義樹　014-V

動物行動学者・日高敏隆氏と脳科学者がコスタリカの大自然を行く。生物多様性の豊かさを感じる旅の記憶。

名士の系譜　日本養子伝
新井えり　0508-D

バカな実子より賢い他人！日本の発展に貢献した養子出身の偉人たち。養子縁組の人育ての伝統を再考する。

リーダーは半歩前を歩け――金大中というヒント
姜尚中　0509-A

危機の時代だからこそ問い直されるべきリーダーシップという問題。韓国元大統領・金大中との対談も収録。

食料自給率100％を目ざさない国に未来はない
島﨑治道　0510-B

日本の食料自給率四〇％。莫大な量の輸入食料に頼って生きることの危険を提示し、現状の打開策を探る。

自由の壁
鈴木貞美　0511-B

本当の自由とは何か？日本における「自由」を江戸期の陽明学まで遡り考察、日本の社会思想を俯瞰する。

「才能」の伸ばし方
折山淑美　0512-E

世界の舞台で戦う五輪選手の裏には卓越したコーチが存在する。「才能」育成のヒントが満載の一冊。

虚人のすすめ――無秩序《カオス》を生き抜け
康 芳夫　0513-C

既成の常識が崩壊する無秩序の現代。不可能を実現してきたカリスマ興行師の哲学に、生き残る術を学ぶ！

邱永漢の「予見力」
玉村豊男　0514-A

「株の神様」邱永漢の投資考察団に著者が参加。アジア経済の活性化の糸口を邱永漢の経済哲学に探る。

若き友人たちへ――筑紫哲也ラスト・メッセージ
筑紫哲也　0515-B

生前、著者が行っていた大学での講義。講義録に残された筑紫哲也、日本人への最後のメッセージを公開。

既刊情報の詳細は集英社新書のホームページへ
http://shinsho.shueisha.co.jp/